AF281348

storytime

Tatjana Prase

storytime

Die Realität über das Reisen im alten Van

Bibliografische Information der Deutschen Nationalbibliothek: Die
Deutsche Nationalbibliothek verzeichnet diese Publikation in der
Deutschen Nationalbibliografie; detaillierte bibliografische Daten sind
im Internet über dnb.dnb.de abrufbar.

Herstellung und Verlag: BoD – Books on Demand, Norderstedt

ISBN: 9783757861490

-1-

Tief in der trostlosen Prärie. Ein einsamer cowboy sitzt auf seinem stämmigen Pferd und starrt zum Mond hinauf. Plötzlich ein greller Blitz am Himmel. Ein flammender Meteor stürzt zur Erde.

Um mal dem Anfang eines Buches, aus dem Weg zu gehen, dachte ich mir, ich klau einfach mal den Beginn eines anderen, wahrscheinlich unvollendeten Manuskriptes. 5er an jeden der erkennt, wo dieser Anfang herkommt (ohne Garantie, abhängig vom meinen Verkaufszahlen).

Aber nun starten wir mal mit dem Eigentlichen. Um mich und meine Entscheidungen zu verstehen, muss ich schon etwas eher anfangen zu erzählen, denn mein Leben war augenscheinlich top. Schöne Mietwohnung, schicker Sportwagen, ein fester Job und ein guter Freundeskreis. Ich schien glücklich und dachte, ich wolle weiterhin dieses schicki micki. Mein Job war befristet und ich machte es mir zum Ziel, weiterhin einen gut anerkannten Arbeitsplatz zu bekommen. Machte mir Pläne wo ich mich sehe, was ich kann und was ich lernen oder erreichen müsste, um dort zu stehen wo ich möchte. Bildete mir ein, ich würde wirklich so ein einfaches Leben wollen und meine einzige Priorität lege an finanzieller Unabhängigkeit. Kleiner Spoiler - nein. Ich hatte das Gefühl, dass der eigentliche Sinn des Lebens ganz woanders lag.

Um die Story meiner Wohnung abzuschließen: ich bin dort schneller ausgezogen als geplant und in eine halb so teure, aber doppelt so große ans andere Ende der Stadt gezogen. Dadurch, dass ich plötzlich nicht mehr so zentral wohnte und keine kurze Anlaufstelle mehr für meine „Freunde" bot, lebte ich mich mit sehr vielen auseinander. Ich konzentrierte mich auf meine Familie und auf die 2-3 besties die man dazu zählen kann. Im Nachhinein betrachtet war es eine prima Entscheidung. Ich war schon immer am glücklichsten, wenn ich nicht so viele Menschen sehen muss, das Alleine-Sein passte super zu mir und ich kam so am besten klar.

Monatelang machte ich mir Gedanken über meine Zukunft, überlegte stundenlang nicht doch meinen aktuellen Job zu verlängern. Er war gut bezahlt und nicht allzu schwer, jedoch wurde mit einem immer von oben herab geredet und für so was ist mir meine kostbare Zeit echt zu schade. Also überlegte ich weiter: gutes Geld + 08:45h am Tag unglücklich sein, oder ? Geld und ? h am Tag mit ? Laune und ? Aufgaben. Ich beschloss ein Nap würde meiner überforderten Birne gut tun und legte mich ein wenig hin.

Mir wurde bewusst, dass so ein 08/15 Leben nichts für mich ist. Mich macht es eher wütend dass man permanent gebunden ist und die Erwartungen der Gesellschaft echt hoch sind. Man hat die Schulbank zu drücken mit einem guten Schnitt, Hauptschüler sind dabei weniger wert als Gymnasiasten. Hobbys, die teilweise Grundbausteine unserer Persönlichkeit sind, stehen hinten an. Entspricht das Hobby nicht der Norm, ist es falsch und man wird schief angeguckt. Leben und leben lassen ist ganz ganz klein geschrieben. Nach 12 Jahren Schulpflicht möchtest du ein Auslandsjahr machen als Selbstfindung? Du bist 18, du solltest doch mittlerweile wissen was du möchtest. Wenn du studierst gehörst du zu den schlauen Köpfen aber sollte dein Interesse Richtung Handwerk gehen, gehörst du automatisch zu der unteren Schicht und bist menschlich weniger Wert. Wie will man sich selbst treu bleiben in dieser Gesellschaft. Sagst du noch dazu, du möchtest keine Kinder oder du kannst dir nicht vorstellen zu heiraten, dann stimmt echt krass etwas nicht mit dir. Arbeite lieber 40 Jahre, mit 5/52 freien Wochen pro Jahr um dann mit der peanut-Rente Pfandflaschen auf dem Weg zur Tafel sammeln zu dürfen. Relativ harte Worte, dafür dass es hier eigentlich um das Gegenteil gehen sollte, aber wer a sagt muss auch b zumindest erwähnen.

Weiter gehts mit meinem nap. Ich war frei, unabhängig und unbesiegbar. Mit meinem Goldenen Retriever und einem neuen Wohnmobil war ich an den Stränden Spaniens unterwegs. Ich spürte nichts als Freiheit und Reichtum. Eine ganz ganz neue Definition von reich sein. Unter der warmen Sonne genossen wir den Moment und hörten nichts außer das Meer und die Vögel. Wir spielten am Strand und wünschten uns, der Moment würde nie vorbei gehen. Bis mir eine Pfote über mein Gesicht streifte und mich weckte.

Erwartungsvoll wurde ich mit einem Spielzeug im Mund angesehen. Im Halbschlaf ging ich die Treppe runter und öffnete die Tür zum Garten. Bugs stürmte raus und versuchte sein Spielzeug in der Luft herumzuwirbeln. Er ist so niedlich. Wie geil muss bitte das Leben eines einfachen Hundes sein, wessen Lebensfokus allein auf spielen und glücklich sein liegt. Sollte nicht jedes Leben so sein?

Der Himmel ist dunkel und schon relativ kalt für die Jahreszeit. Ein weiterer Sommer war Geschichte, 24 hatte ich bisher erlebt, ca. 60 habe ich vielleicht nur noch vor mir, davon kann ich aber alle nicht so ausleben, wie ich es aktuell hätte machen können. Bugsi hatte vielleicht insgesamt so 12 Sommer, wenn alles gut läuft. Dieser Gedanke machte mich traurig und wütend. Warum merkt man erst zu spät, wenn man was bereut und warum macht man es beim nächsten mal dennoch nicht besser? Ich wollte es nun ändern. Ich will, dass mein nächster Sommer der beste wird. Mein Traum hatte mich fest im Griff, ich sah uns zwei schon von Küste zu Küste fahren, eins mit der Natur zu werden und die unterschiedlichsten Kulturen kennen zu lernen. Ich schnappte mein

Handy und rief mein Mercedes Autohaus an. Ich liebe dieses Auto so sehr, ich hab fünf Jahre für ihn gespart, drei Jahre brachte er mich sicher und stets mit einem lächeln im Gesicht von A nach Z. Sein Name war Rio und seine Masse an PS der hammer. Dennoch fragte ich am Telefon ob Interesse besteht mir die Karre abzukaufen. Ich konnte die Dollarzeichen in deren Augen schon fast durch den Hörer sehen. Direkt Morgen ist der Termin fürs Gutachten. Ich zieh es jetzt einfach durch. So schnell kann sich ein Leben und ein Ziel in 30min ändern. Ich geh in die Wohnung und schreibe eine Liste was ich alles brauche, was ich verkaufe und wie meine Finanzierung aussieht. Ich brauch das jetzt einfach. Weit weg von den Zeug, den ich nur augenscheinlich brauche.

-2-

Es kam mir vor, als hätte ich diesen Plan schon über Jahre in meinem Kopf gehabt, jedoch nie in meine Gedanken gelassen. Wahrscheinlich weil man so verkorkst wird und einem eingeredet wird, dass sich ein monatelanger Roadtrip nicht gehört. Viel zu aufregend waren jedoch die Gedanken die sich darüber drehten, bald frei und unabhängig die Welt zu erkunden. In den Tag hinein Leben und aus jeden Tag alles raus zu holen.

Mein geliebter Rio war nun dorthin zurück gekehrt, wo ich ihn vor drei Jahren aus den heiligen Hallen fahren durfte. Fast hätte ich vor dem Mitarbeiter eine Träne vergossen, doch ich blieb stark. Ein letztes winke winke aus dem Auto meines Bruders. So schnell kann ein kleines Kapitel im Leben enden. Eine Woche später checkte ich seinen Verkaufspreis auf der MB-Website. Die Säcke forderten einfach 8k mehr als sie mir gegeben haben. Dank der Inflation habe ich jedoch trotzdem gut Plus gemacht.

Er fehlte mir ab der ersten Sekunde, es fühlte sich sogar an wie Liebeskummer. Man, Autos lösen in mir echt was emotionales aus. Um jedoch weiterhin mobil zu bleiben und die letzten Monate zur Arbeit kommen kann, kramte ich meine alte Liebe hervor. Ein 25 Jahre alter Golf III Cabrio im strahlenden rot. Er hatte seine besten Tage schon längst hinter sich, aber er war mein erstes Auto. Er hat alle Strapazen der letzten Jahre miterleben dürfen und war jederzeit ein solides Alltagsauto. Der Altersunterschied zwischen Rio und ihm war enorm, dennoch bin ich überglücklich ihn auf der Straße bewegen zu dürfen. Der ganze Schnick Schnack fehlte mit kaum, die PS vermisste ich jedoch ziemlich.

Die nächsten Tage auf der Arbeit plante ich, wie ich mein Gehalt erweitern könnte. Ich machte Überstunden, die ich mir auszahlen ließ und durchsuchte mit dem PC das Internet nach einem geeigneten Wohnmobil. Es dauerte bloß ein paar Minuten, bis ich mir ziemlich arm vor kam. Wer die aktuellen Preise auf dem Markt kennt, versteht das dilemma, wer nicht wirft bitte direkt einen Blick bei eBay Kleinanzeigen rein. In meinen Gedanken bin ich immer mit einem zuverlässigen und modernen Wohnmobil durch die Gegend gefahren. Aber warum? Der Weg ist das Ziel, da machen so 1-8x liegen bleiben den Braten auch nicht mehr fett. Also schaute ich mir die älteren Camper Generationen mal an, in der Hoffnung, dass im Preis die hintere 0 weg fällt. Ich tippte „VW T3 Camper" in die Suchleiste und konnte meinen Augen immer noch nicht trauen. War die Corona-Krise der Grund für diesen boom in der Camping-Szene? Da denkt man, man hat einen günstigen Weg zum Reisen entdeckt und sieht so was. Naja, ab jetzt wird einfach durchgezogen. Ich suchte Monatelang nach dem passenden Reisegefährt. Die allermeisten waren zu überteuert und die preiswerten Mobile waren innerhalb Minuten vergriffen. Noch dazu hatte ich hohe Ansprüche. Nicht optisch und auch nicht auf die Ausstattung bezogen. Eher der Aufbau des Campers musste mir gefallen. Wie eine verrückte durchsuchte ich die unterschiedlichsten Foren im Minutentakt um auch ja keinen Deal zu verpassen.

Irgendwann, Anfang März, ging dann tatsächlich mein Herz auf. Ein VW T4 Carthago Malibu wurde nur eine Autostunde von mir zum Verkauf angeboten. Mit seinem

2,4l Motor auf 5 Zylindern und sagenhaften 78 PS stand er da. 32 Jahre alt und 380.000 km gelaufen. Ich weiß was ihr euch jetzt denkt. Es wäre super dumm sich ausgerechnet so eine Möhre anzusehen. Ein Glück ist es mir egal was andere denken. Ich tippte auf „Anrufen" und machte einen Besichtigungstermin aus.

Die folgenden Tage konnte ich nicht schlafen, ich war viel zu aufgeregt bald mein künftiges teammate zu treffen. Mein Bruder fuhr mit mir zur Besichtigung. Sichtlich aufgeregt hab ich versucht cool zu bleiben, ohne Erfolg. So ein alter Haufen Blech auf vier abgefahrenen Reifen und schiefen Möbeln ließ mein Herz aufgehen. Ich hab uns schon am Strand stehen sehen mit Markise und Campingstühlen, nasse Handtücher trocknen auf einer gespannten Leine und über dem Grill brutzelt etwas Gemüse. Mein Bruder konnte seinen Augen auch kaum trauen. Er war schockiert wie ich nach 10min Besichtigung mehrere tausend Euro für dieses Müll bezahlen konnte. Meine Augen hatten die Form von Herzen angenommen und ich schwebte auf Wolke 7. Schnell den Vertrag unterschrieben, irgendwelche Kennzeichen montiert und Abfahrt Richtung Heimat. Sein Alter sah man ihm auch hinter dem Lenkrad an. Ich kam mir vor, als würde ich einen Linienbus fahren.

So glücklich ich auch war, es dauerte nicht lange bis die Vernunft mich einholte. Mit seinen 2 Tonnen war er mit Abstand der Langsamste auf der Straße. Ehrlich, wenn du es mal eilig hast, bin ich das Schlimmste, was dir passieren kann. Meine Gedanken wiederholten sich die ganze Zeit „omg was hast du nur getan".

Ich kann nicht von mir behaupten, dass ich irgendwas bereue in meinem Leben. Aber diese Rückfahrt hat sich für lange Zeit in mein Gedächtnis gebrannt.

In meinen Augen sah er super süß und nahezu perfekt aus. Bei anderen löste sein Anblick bloß ein „oha" aus. Aber who cares, muss ja auch ausschließlich mir gefallen. Ich taufte ihn auf den Namen Oskar. Sein TÜV ist nur noch den Monat gültig, also machte ich mich an die Arbeit. Ich machte einen Termin für neue Reifen und checkte den Allgemeinzustand. Sooo schlecht war er gar nicht. Für sein Alter sogar relativ wenig Rost. Ich riss den Ausbau einmal komplett raus, erneuerte marodes Holz, verlegte einen neuen Boden, folierte die Oberflächen und baute alles wieder zusammen. Der Anblick konnte sich echt sehen lassen. Außen (ein bisschen) pfui, Innen huii - war nun sein Motto. Dazu kam eine neue Zweitbatterie, eine Kühlbox und eine Menge Kleinkram. Ich gab viel zu viel Geld aus. Mittlerweile war ich offiziell arbeitslos. Nichts stand mir noch im Weg. Keine Termine und keine Verpflichtungen. Der TÜV-Bericht enthielt nicht einen Mängel, ich konnte es gar nicht fassen. 32 Jahre alt und ohne Mängel? Ich stelle es nicht weiter in Frage und freute mich einfach drüber.

Ich wollte ständig aufbrechen doch irgendwas bremste mich immer aus. Entweder wurde ich krank, ein wichtiger Termin kreuzte meine Pläne oder ich wurde irgendwo gebraucht. Vielleicht sollte ich nicht direkt all-in gehen. Erstmal eine kleinere Tour drehen bevor mich die große weite Welt erwartet.

Direkt packte ich ein paar Sachen ein, schnappte mir Bugsis Lieblingsspielzeug und wir fuhren los. Einfach stumpf Richtung Ostsee, einfach erst mal ans Meer. Ich war stolz auf Oskar, er packte die Strecke wie ein ganz Großer. Der Vibe den er mir gab war unbeschreiblich. Dieses alte Cockpit, der Camping Geruch und der Blick nach hinten auf Sitzecke und Küchenzeile glatte 10/10.

Langsam kam dieses Gefühl der Unabhängigkeit und Unbesiegbarkeit in mir hoch. Mir könnte hier drin nichts passieren, ich kann machen was ich will, wo ich will, wann ich will. Wir näherten uns dem Meer immer mehr und mehr. Diese typischen Touri-hotspots waren nichts für mich, ich suchte mir lieber ruhige und augenscheinlich unberührte Orte. Mein Interesse Campingplätzen gegenüber hält sich in Grenzen. Wie die Sardinen geordnet steht dort ein Wohnmobil neben dem anderen, ausgestattet mit WLAN, Satellitenschüssel, Fernsehern und Stromgeneratoren. Mit Natur hat das wenig zu tun. Ich hielt lieber Ausschau nach freien Stellplätzen oder durch zB Landwirte bereit gestellte Flächen zum kampieren.

Kurz vor dem Meer parkte ich Oskar an einer Landstraße und ging mit Bugs den restlichen Weg zu Fuß. Die kalte Frischluft pfiff mir um die Ohren, man spürt es, wenn das Meer nicht mehr weit weg ist. Ein schmaler Pfad führte uns zu einer Steilklippe. Der atemberaubende Anblick ließ mich vergessen das ich überhaupt noch in Deutschland bin. Die Kulisse war sagenhaft. Ich freute mich wie ein Kleinkind, setzte mich und genoss den Moment. Dieses Gefühl der Freiheit war unglaublich, naja im Nachhinein betrachtet hab ich ein wenig überreagiert, immerhin war ich keine 300km von zuhause entfernt. Dennoch kann es mir keiner nehmen. Ich saß ich einfach nur da, genießte den Ausblick, neben mir ein Hund der ausgerechnet jetzt sein Geschäft erledigen muss. Überaus begeistert räumte ich den Haufen weg und drehte eine Runde am Rande der Steilküste. Schnell schaute ich den typischen Tatsachen ins Gesicht. Ich bekam hunger. Hier war kilometerweit kein einziges Restaurant, bloß ein kleines Cafe welches Kuchen anbot. Dieser Nachmittagssnack begeisterte mich jedoch komplett. Nach einem kurzen Pläuschchen mit der Eigentümerin des Cafes über meinen geliebten Oskar, bot sie mir an, auf der Wiese neben dem Cafe zu übernachten, ich sollte im Gegenzug bloß die Teelichter auf der Terrasse einsammeln. Nichts lieber als das.

Abends genoß ich den Sonnenuntergang, spielte dabei mit Bugsi und schaute über den Rand der Küste aufs Meer hinaus. Später laß ich ein Buch weiter über eine echte Inspiration. An dieser Stelle große Empfehlung + unbezahlte Werbung: „Bikergirl - Wie ich die Freiheit suchte und das Leben fand". Glatte 11/10.

Es wurde dunkel, mein Akku war fast leer. Stolz sagte ich zu mir selber, dass ich auf genau so was vorbereitet sei. Ich verkabelte mein Handy an meine selbst installierten USB-Anschlüsse. Es hat sich genau nichts getan, es funktionierte einfach nicht. Warum denke ich eigentlich nur von 12 bis mittags und baue mir alles zusammen, ohne es zu testen.

Ich beschloss eine Liste zu beginnen, für die fails und damit ich weiß, was noch ausgebessert werden muss.

Um meine snapchat-Flammen noch ein wenig zu sichern, schickte ich noch einen Rundsnap rum. „So wichtig ist ein Handy bestimmt gar nicht" redete ich mir ein und legte mich auf meine ausgeklappte Liegefläche, bereit für die erste Nacht im Van.

-4-

Erstaunlich gut haben Bugs und ich geschlafen. Um den morgendlichen Vibe zu vollenden wollte ich im Sonnenaufgang meine Zähen putzen. Ich schob meine Seitentür auf. Scheiße war das frisch draußen. Bugsi hüpfte aus dem Bus, streckte sich und gähnte dabei laut auf. Was ein Typ. Ich kramte Zahnpaste und Bürste aus meinem Kulturbeutel, machte den Wasserhahn an.. das ist übrigens der einzige richtige Weg: Zahnbürste unter den Wasserhahn - Zahnpaste drauf - nochmal unter den Wasserhahn. Alles andere ist absolut nicht vertretbar. Beim Aufdrehen brach mir jedenfalls das Teil zum Aufdrehen ab. Zweiter Punkt für meine Liste, ein neuer Wasserhahn. Wenigstens tropfte dadurch nichts. Schöner kann der erste Morgen doch nicht sein. Hab ich eigentlich erwähnt, dass es windig war und nieselte? Es war windig und es nieselte. Ich feuchtete meine Bürste unter einem Schluck Wasser aus meiner Flasche an den ich durch meine offene Tür in Boden sickern ließ. Beim Schrubben überlegte ich warum es denn nicht so ist, wie immer auf Instagram oder TikTok beobachtet. Ich dachte das schöne Wetter und immer gute Laune kommt beim vanlife von automatisch hää. Furchtlos brach ich nach kurzer Überlegung auf. Ich wollte zum Meer, vielleicht wird es da besser. Wir spazierten einen schmaler Weg entlang Richtung Ufer, wo wir gestern noch nicht waren. Kurz vor dem Ziel stellte ich fest, dass auch hier die Klippen enorm hoch waren, jedoch wollte ich unbedingt direkt ans Wasser. Auf der Suche nach einem passenden Weg zum runter gehen bemerkte ich, dass mir echt kalt war. Es war Anfang Mai und ich war tatsächlich verwundert, warum denn hier keine 23° Morgentemperatur auf mich warteten. Naja bisschen Naiv gewesen halt.

Irgendwann gelangen wir an einen etwas weniger steilen Abgrund, ausgestattet mit einem Seil an einem Baum zum festhalten. Das ist doch mal was, dachte ich mir. Ich checkte den Weg aus, ob es irgendwelche Schwierigkeiten für Bugsi geben würde. Aber es sollte alles kein Problem sein. Elegant kletterte ich den Hang hinunter. Unten erwartete mich eine wunderschöner Anblick. Kleine Wellen schlugen am Kieselstrand auf, Möwen flogen knapp über der Wasseroberfläche entlang und die Sonne kämpfte sich zwischen den dünnen Regenwolken durch. Wäre mir nicht so kalt und wären meine Klamotten nicht so nass gewesen, hätte ich mir täglich diesen Moment erhofft. Ich ging den Strand entlang und genoss den Moment. Links das Meer und rechts ragten die hohen Klippen in die Luft.

Schnell holte mich wieder die Realität ein. Mein Magen knurrte, der hunger kam. Ich holte mein Handy hervor um die örtlichen Einkaufsmöglichkeiten auszuchecken. Achja, der Akku war ja leer. Die Laune wollte ich mir dadurch nicht vermiesen und genoss weiterhin diesen Moment am Meer. Dafür macht man das alles ja. Zurück am Camper aß ich ein paar Maiswaffeln und überlegte mir einen Plan wie es nun weiter geht. Das Wetter wurde nicht besser, der Regen wurde stärker und der Wind nahm zu. Das Café öffnet auch erst wieder am Nachmittag.

Um aus dieser unbekannten Umgebung schlauer zu werden, brauch ich mein Handy, stellte ich fest und machte mich auf den Weg. Auf welchen Weg genau wusste ich nicht genau, erst mal irgendwo Richtung Einkaufsmöglichkeiten dachte ich mir. Die

Straßen schienen wie leergefegt. Durch Zufall fand ich genau das was ich suchte, einen TEDI um mir einen Zigarettenanzünder mit USB Anschlüssen zu kaufe, und nebenan einen Bäcker fürs Frühstück. Perfekt. Schnell die Einkäufe erledigt wollte ich unbedingt wieder zurück ans Wasser um dort meine belegten Brötchen zu essen, unabhängig vom Wetter. Ich fuhr zu einem anderen Strandabschnitt, schnappte mir Bugsi und suchte mir eine geeignete Stelle zum Frühstücken. Dort angekommen setzte ich mich in den nassen Sand, gab dem verrückten boy das OK um sich frei an der Schleppleine auszutoben. Er liebte den Sand und das Wasser. Fast schon überfordert von der Situation wusste er nicht, ob er zuerst buddeln oder seine Pfoten ins flache Wasser hauen sollte. Was für ein schöner Anblick. Als er jedoch einen fremden Hund auf uns zu kommen sah, wurde er von den ganzen Reizen überflutet und rannte hektisch hin und her. Typischer Junghund. Ich rief ihn ran und ließ ihn neben mir ablegen. Während ich weiter aß beruhigte sich der kleine Spinner, sodass wir dann gemeinsam entspannt einen Teil vom Sandstrand entlang konnten. Klatschnass aber pudelwohl kehrte ich zum Van zurück. Ich setzte mich nach hinten, gab Bugs sein Futter und lud mein Handy am Zigarettenanzünder. Meine Taktik war es immer die Satellitenansicht bei Google Maps zu öffnen, um so quasi von oben abgelegene Orte am Meer zu finden. Schnell wurde ich fündig und machte mich auf die Socken. Wie immer ganz mutig, in der Hoffnung mir könnten nasse Klamotten nichts an haben. Als wir dort ankamen, erwartete mich eine gefühlt unberührte Kulisse aus Meer und weiteren Klippen. Einige Meter weiter ein seltener Anblick der Kombination Meer und Wald. Meine Nase lief bereits und meine Nebenhöhlen dankten mir den wundervollen Trip auch. Dennoch wollte ich weiter bleiben, spielte mit dem Kleinen und ließ den vibe auf mich wirken. Fehlte nur noch, dass ich voller Euphorie ins Meer renne.

Ewig konnte ich es bei diesem zauberhaftem Wetter nun doch nicht aushalten und machte mich auf den Weg zurück zu meinem geliebten Oskar. Der eisige Meereswind peitschte mir ins Gesicht.

„Nicht mehr lange und ich werde es so bereuen".

Das wird eine dieser Storys, die Mutti niemals erfahren darf. Mit nassen Klamotten in den nassen Sand gesetzt um dann weiter mit den nassen Klamotten am regnenden Strand mit kühlen Windzügen gespielt. Und das natürlich nicht in allwetter- Kleidung, sondern in typischen basics von H&M und ZARA.

Am Camper zog ich mir, vernünftig wie ich bin, zu aller erst die klitschnassen Sachen aus und hängte sie über die Schränke, trocknete mich ein wenig ab und zog mir neue Joggingsachen an. Nachdem ich auch das Fell von Bugs ein wenig getrocknet habe, setzte ich mich ans Fenster und beobachtete das Naturspektakel. Die Wellen wurden höher und der Wind immer lauter. So vertieft im Anblick der kräftigen Natur merkte ich gar nicht, wie meine Augen sich immer weiter schlossen, bis ich einfach bloß schlafend an der Scheibe hing. Ich könnte jetzt irgendwas von einem coolen Traum erzählen, wie ich mit eisernen Willen meinen inneren Frieden im vanlife fand. Doch kein Plan, wovon ich träumte. Es polterte plötzlich kräftig am Fenster. „PARKVERBOT" schrie ein all Wetter bekleideter Mann und machte hektische Bewegungen, dass ich mich vom Acker machen soll. Aber nicht mit mir, in der Ruhe liegt ja bekanntlich die Kraft. Ich zeigte gemütlich einen Daumen nach oben und versuchte vergeblich mein Gähnen zu unterdrücken, während er mit seinem Zeigefinger auf sein Handgelenk tippte. Ich wette der Typ ist zu 100% Deutsch. Als ich mich aufrichtete, überkam mich ein Gefühl von Schwindel und Druckschmerz in meinen Nebenhöhlen. Was ein Dreck. Ich verstaute meine Sachen und machte mich abfahrbereit. Als ich wieder am Steuer saß, bemerkte ich erst wie übereifrig der Hochdeutsche doch war. Ich stand mitten im Nichts, keiner Menschenseele im Weg in der Mitte eines riesigen Schotterplatzes. In welcher Welt hätte hier jemals jemand etwas gegen meine Anwesenheit?

Dennoch ließ ich den alten Diesel vor glühen. Es dauerte genau so lange, wie ich zwei Mal niesen konnte. Ich machte mich auf den Weg zu einen weiteren Stellplatz, weiter Richtung Osten, weiter an der Ostsee entlang. Ich fuhr wie die letzte Leiche. Ich brauchte eine Pause und im besten Fall direkt schon einen Stellplatz um mich hinzulegen. Als ich fündig wurde, war es bereits später Nachmittag. Nachdem ich zahlte und mich auf meinen zugewiesenen Platz stellte, drehte ich noch eine kleine Gassi-Runde. Ich fühlte mich schlapp. Am Van klappte ich direkt aus meiner Sitzecke mein Bett hervor, legte mich hin und schloss meine Augen. Es dauerte keine Minute bis ich im land der Träume versunken war.

Der nächste Morgen brach an. Mein Hals schmerzte, der Kopf dröhnte und die Nase lief. Was hab ich bloß getan. Ich war krank. Kraftlos öffnete ich die Schiebetür und ließ Bugsi raus. Die Sonne blendete mich so sehr, dass es schon fast weh tat. Ich legte mich wieder zurück und zog mir die Decke übers Gesicht. „Was mach ich jetzt bloß". Ich konnte mir nicht vorstellen, mich hier auszukurieren, außerdem wollte ich Tee, Suppe und eventuell etwas Medizin. Doch wo gibst so was am besten? Mir kam die Idee. Die beste Suppe gibst doch immer bei den Großeltern, die dürften ja nicht mehr allzu weit von mir weg sein. Ich nahm mein Handy und prüfte die Entfernung. Drei Autostunden, das geht ja fast. Ich ließ mir den Gedanken noch mal durch den Kopf gehen. Breche ich jetzt erst mal meine Tour ab, um mich ein paar Tage auszuruhen und Suppe zu essen? Ein Blick aus dem Fenster in die graue Wolkendecke, die von der Meerseite auf uns zu kam, reichte mir da schon wieder komplett aus. Eine kleine Morgenrunde war noch drin und schon machte ich mich auf den Weg hinter die polnische Grenze.

-6-

Ich genoß die Zeit mit der Familie sehr, vor allem, wenn man sich nur so einmal im Jahr sieht. Mein Camper wurde zum Treffpunkt. Jedes gemeinsame Getränk und jede Speise wurde in ihm verzehrt. Es hat super viel Spaß gemacht, doch nach einigen Tagen musste ich aufbrechen, tatsächlich aus beruflichen Gründen. Für einen relativ kurzen Zeitraum von 6 Wochen wurde ich wieder angestellt. Ich sage euch ehrlich, ich hab mich bloß wegen der Kohle drauf eingelassen. Der Tag der Abreise war gekommen, der Camper gepackt und die Augen feucht vom Abschied. Ich mag keine Abschiede, dass schlimmste an ihnen ist, das man nie weiß, wann der letzte ist.

Da ich keine Klimaanlage hab, kam mir das bewölkte Wetter echt gelegen. Tapfer überwindeten wir jeden Berg der vor uns lag, auch wenn ich dafür mal einen Gang runter schalten musste. Ich war begeistert vom Verbrauch, den der alte T4 an den Tag legte, ich musste nämlich noch nicht ein einziges mal tanken. Die Straßen waren relativ leer und ich konnte gemütlich einem LKW hinterher tuckern. Knapp die Häfte der ca. 600km langen Strecke haben wir schon hinter uns gebracht. Ich freute mich schon meine Eltern wieder zu sehen und von meinem Mini-Trip zu erzählen. Wieder kam ein Hügel auf uns zu. Ich merkte die es Oskar schwer fiel hochzukommen, also schaltete ich wieder einen Gang runter, doch nichts tat sich. Plötzlich begangen alle Lampen im Armaturenbrett zu leuchten. Ich traute meinen Augen nicht. Es wurde kein Gas mehr angenommen. Mein Herz began zu rasen. Schnell betätigte ich den Warnblinker und schaute mich um, wie ich nun am besten auf den Standstreifen gelange. Ich befand mich gerade nämlich auf der mittleren von drei Spuren, genau zwischen einer Aus- und Auffahrt. Ich hoffte so sehr, dass ich noch so weit rolle, wie der Beschleunigungsstreifen lang ist. Kurz dahinter kam ich zum Stillstand. Erst jetzt bemerkte ich, dass mein Motor aus war. Ich drehte den Schlüssel nach links und die Lampen gingen aus, logischer Weise. Ein prüfender Blick nach hinten, ob mein Hündchen alles gut überstanden hat. Er schlief, was auch sonst. Ich zog am Hebel um die Motorhaube öffnen zu können, kletterte rüber und stieg auf der Beifahrerseite aus.

Selbstbewusst hob ich die Haube in die Höhe und prüfte.. ja.. nur der liebe Gott weiß, was ich prüfen wollte, was wollte ich auch erkennen, ich hab keinen Plan. Die Flüssigkeiten sahen auf jeden Fall gut aus, alle Schläuche schienen auch am richtigen Ort zu sein. Um meine persönliche Durchsicht zu beenden schaute ich einmal unters Auto. Entsetzt musste ich eine Menge tropfendes Öl feststellen. Shit, direkt war ein Motorschaden mein erster Gedanke. Wer hätte gedacht, dass sich unsere Wege so schnell trennen sollten. Bedröppelt kletterte ich ins Auto zurück. Selbst der Hund hat mittlerweile gemerkt, das gerade etwas nicht so läuft, wie es laufen sollte und blickte aus dem Fenster zu den ganzen laut vorbeifahrenden Fahrzeugen. Ich kramte meine ADAC-Karte hervor und wählte deren Nummer. Rajesh Koothrapali sprach am anderes Ende des Höhers zu mir. Indische Akzente sind der Hammer. Er nahm meine Daten auf, hörte sich meine Sorgen an und versicherte mir, dass Hilfe bald da wäre. Als er mich nach der Anzahl der Personen fragte, sagte ich „bloß mein Hund und ich". „Oh das ist nicht gute, ADAC nimmt keine Hunde mit". Diese Aussage schockierte mich. So viele

Menschen sind tagtäglich mit ihren Vierbeinern unterwegs. Was soll man in so einer Situation machen. „Wenn Sie Glück haben und der Abholer Hunde mag keine Probleme, wenn keine Hunde mag zu Fuß von Autobahn". Ist halt wie es ist, dachte ich mir, der wird den Kleinen schon mögen. Ich solle bitte noch das Warndreieck aufstellen und in Warnweste hinter der Leitplanke warten. Easy. Ich positionierte das Warndreieck ca. 150m vom Camper entfernt. Zurück am Van stellte ich fest, dass ich ja gar keine Warnwesten dabei habe. Einige nennen es Ordnungswidrigkeit, ich nenne es Optimismus. Anscheinend zu großer Optimismus. Ich holte Bugs aus dem Auto und ließ ihn über die Leitplanke hüpfen. Dort gab es, ein wenig bergab, einen festen Zaun woran ich ihn sicher befestigte. Ganz tapfer beobachtete er das Geschehen. Ich griff zum Handy und rief meine Mama an, um ihr zu sagen, dass ich es heute doch nicht schaffe, vorbeizukommen. Sie fragte ob sie mich abholen soll. „Alles gut, wird sich schon was ergeben". Bis heute weiß ich nicht, warum ich das gesagt habe. Was sollte sich denn ergeben? Ich stand da mit einem wahrscheinlichen Motorschaden 300 km von meinem Wohnort entfernt mit einem vollgepackten Van und war der Überzeugung, „es würde sich schon was ergeben". Kein Verständnis teilweise für meinen Optimismus. Ich schaute runter zu Bugsi und musste direkt lachen. Wie eine Katze spielte er mit einem dünnen Zweig, der sich durch den Zaun durchgemogelt hat. Er lag auf dem Rücken und haute mit seinen Pfoten umher. Gut, dass er von dem ganzen Stress nichts mitbekam und einfach weiter sein Hundeleben lebt. Im Augenwinkel sah ich etwas großes gelbblinkendes auf uns zu rollen. Schneller als gedacht war der Abschlepper des ADAC da. Aufgrund Oskars Länge und Höhe musste extra ein LKW geordert werden. Ein kleiner dicker Mann stieg aus und brüllte durch den Autobahnlärm „So hast du dir deinen Tag bestimmt nicht vorgestellt wa" und ging mit ausgestrecktem Arm auf mich zu. „Hab vieles erwartet, aber nicht das" und schüttelte dabei seine Hand. Ein lustiges Kerlchen, der mich nicht mal fragte, warum ich keine Warnweste trug. „Süßes Hündchen hast du da, das ist meine" und zeigte mir stolz auf seinem Handy ein Bild von seiner weißen Schäferhündin. „Genieß die Zeit mit ihm, 12 Jahre gehen schneller vorbei, als einem lieb ist". Der Gedanke, dass er irgendwann seine Hündin verlieren würde und ich irgendwann Bugs, machte mich echt traurig. „Er kann nicht im LKW mitfahren weil er es nicht hoch und runter schaffen würde. Packt er das 15min alleine im Camper bis wir an der Werkstatt sind?". Locker. Alleine sein hat ihn nie großartig gestört und diese besonderen Umstände, könnte er vermutlich auch weg stecken. Ich machte ihn vom Zaun ab und brachte ihn zurück in den Van, schnallte ihn an und gab ihm einen Kuss auf sein schwarzes Näschen. „Hol dein Warndreieck schon mal, ich lad den Wagen auf." Bugsi lag bereits, als ich die Schiebetür zu haute. Ich holte das Dreieck, verstaute es und sollte mich anschließend ans Steuer setzten, um beim rauf ziehen ein wenig einzulenken. Im steilen Winkel ging es erst hoch, dann legte sich die ganze Auffahrrampe wieder waagerecht. Ich kletterte rüber zur Beifahrerseite und nahm die abgezogenen Radkappen entgegen. „Wir sind fertig, steig ein". Ich verließ Oskar und Bugsi, und stieg in den LKW ein. Jedes mal aufs neue erstaunlich, wie hoch man doch hier drin sitzt. Wir begannen smalltalk. Nebenbei schrieb ich einer Freundin mein Dilemma und bittete sie, mich abzuholen. Sie fuhr direkt los, Küsschen aufs Nüsschen. Ich erzählte dem Typen, dass ich gerade auf dem Rückweg aus Polen bin und eigentlich bald vor hatte, mit dem Camper in Richtung Portugal aufzubrechen. Er verzog sein Gesicht und sagte mir, dass ich dafür wahrscheinlich eine Menge Kohle investieren müsste, da es ganz stark nach einem Motorschaden aussieht. Was ein Mist. Gerade erst vertrauen gefasst, und dann sowas. Wir kamen an einem Autohaus an, die nächste ADAC Vertragswerkstatt. Er stieg aus und öffnete das bereits verschlossene Tor mit einem Schlüssel und fuhr rein. Mittlerweile war es schon fast dunkel. Wir ladeten den Van ab. Ich setzte mich dazu wieder ans Lenkrad, drehte mich aber erstmal um, um zu sehen wie es Bugs geht. Er schlief. Nichts anderes erwartet, ist ja auch anstrengend so eine Panne. Als der Wagen wieder auf dem Boden stand, fragte er mich, von wann der Zahnriemen ist, da seine Vermutung war, er sei gerissen. „Nee der ist erst 20.000 km alt. Ich betätige mal die Zündung und wir gucken was passiert, ja?" Er nickte. Der Motor drehte normal, sprang aber nicht an. „Hast du getankt?" „Fast Hälfte noch voll". Das wärs ja, wenn das der Grund wäre. Viel mehr konnte der gute Mann auch nicht für mich machen. Ich bedankte mich und gab ihm noch eine polnische Wurst aus meiner Kühlbox. Eine Delikatesse, mehr kann ich als Vegetarierin auch nicht dazu sagen die war nämlich eigentlich für meine Eltern gedacht. Er freute sich und schon trennten sich unsere Wege. Meine Freundin braucht noch ca. 2,5 Stunden, also bereitete ich schon einmal meine Gepäcke und Einkäufe zum Verladen vor.

Erst einmal sortierte ich meine Taschen nach Relevanz, was soll jetzt unbedingt mit weil es evtl. schlecht wird und was kann ohne Probleme erst einmal im Auto hunderte von Kilometern entfernt hier bleiben. Alles was mit musste, positionierte ich gut gepackt außerhalb meines Fahrzeugs. Ich war so im Film, dass ich gar nicht bemerkte, wie Bugsi mit seinem Lieblingsspielzeug schwanzwedelnd hinter mir stand. Erst als ich fertig wurde, bemerkte ich meinen spielsüchtigen kleinen Freund. Der Parkplatz war groß genug und die Autos des Autohauses weit genug weg. Direkt ging es zur Sache. Ich machte mich klein und ging auf ihn zu, er wusste direkt was abgeht, ich will das Spielzeug. Er machte einen Sprung nach hinten, ich hinterher. Auf einmal drehte er sich, sprang auf mich zu, dabei mopste ich das Spielzeug auf seinem Mund und rannte weg. Er natürlich schneller als ich, raste in mich hinein. Im letzten Moment warf ich das Spieli jedoch noch weg, er wieder hinterher. Als er es wieder im Maul hatte, standen wir uns wie bei einem Duell im Wilden Westen gegenüber. Fehlte nur noch, dass so ein kleiner, rollender Strohballen an uns vorbei zieht. Plötzlich raste er auf mich zu und aus unserem kleinen Fangen-Spiel wurde Tau ziehen. Ich war richtig im Game und bemerkte gar nicht, dass ein Auto der Polizei auf uns zu kam und vor dem verschlossenem Tor des Autohauses stehen blieb. Erst als die Scheinwerfer uns blendeten und die erste Autotür auf ging bemerkte ich unseren Besuch. Ich machte Bugs an seiner Schleppleine fest, welche an der Anhängerkupplung des Campers befestigt war, ließ ihn sich ablegen und machte noch einen Knoten in die Leine, damit sie kürzer war, einfach aus Respekt den Polizisten gegenüber, sollte er doch hin wollen, dass er erst gar nicht soweit kommt. Trotz seines jungen Alters konnte ich ihm schon in sehr vielen Situationen vertrauen, aber leider noch nicht zu 100%.

Zwei Polizisten kamen auf uns zu. „Guten Abend, wir sind von der Polizei und wir wurden gerufen, weil hier angeblich jemand illegal campieren würde. Können Sie uns bitte erläutern, was sie hier machen."

Ich musste mich echt zusammen reißen, nicht direkt los zu lachen. Das war ja mal wieder so ein richtig deutscher move. Jemand sieht mich hier und denkt tatsächlich, ich würde hier freiwillig stehen und mein Nachtlager aufbauen. Ich erkläre den Beamten was passiert war, wie ich hier hin gekommen bin und das ich in spätestens 90min hier abgeholt werde. „Wir haben uns schon gedacht, dass man nicht von selbst auf die Idee kommt, sich hier hin zu stellen" und lachte. Obwohl ich nichts dafür konnte, entschuldigte ich mich, dass die beiden wegen so einem Schwachsinn ausrücken mussten. Deren Job ist bestimmt schwer genug, dann soll man sich noch mit so was rum ärgern. Die beiden waren super nett, selbst Bugsi durfte dann noch Streicheleinheiten genießen und das erste mal Polizeiuniform schnuppern. Sie bedankten sich, wünschten mir viel Erfolg mit meinem Van und fuhren wieder davon. Irgendwie passte dieses Ereignis zur Gesamtsituation.

Die Zeit verging echt schnell. Langsam trug ich schon die ersten Gepäcke Richtung Straße, schloss meinen Wagen ab und warf den Autoschlüssel gemeinsam mit einem Brief des ADAC in den Briefkasten des Autohauses. Auf dem Zettel war notiert, dass ich liegen geblieben und abgeschleppt worden bin und bei möglicher Ursache ´Motorschaden` angegeben. Das tat schon ein wenig weh..

Bekannte Scheinwerfer leuchteten die Straße entlang und fuhren auf mich zu. Mein Grinsen wurde breiter bis das Auto neben mir auf der kleinen Parkfläche vor dem Tor zum stillstand kam. Die Fahrertür ging auf und ich belächelte „hätte nie Gedacht dass wir uns hier wieder sehen werden". Sie schaute mich durch ihre große Brille an und sagte „ich glaube du musst zurückfahren, bei der Dunkelheit mittlerweile seh ich kaum noch was" und lachte. Ehrlich, kennt ihr diese Uromas, die eine Brille tragen mit 1,5cm dicken Gläsern? So sieht es fast schon aus. Ich hoffe sie wird das hier niemals lesen.

- 8 -

Die Rückfahrt war unspektakulär. Als Dankeschön gab es kurz vor Ende der Strecke noch eine ganze Tankfüllung, das war das mindeste, was ich machen konnte, zumindest erst mal. Fix und fertig ging es dann aber erst einmal ins Bett. Ich hab geschlafen wie ein Baby. Am nächsten Morgen machte in im Internet die Telefonnummer des Autohauses ausfindig und rief sofort an und erklärte wie mein Wagen dort über Nacht plötzlich auf den Hof gekommen ist. Ich würde schon behaupten, dass ich sympathisch bin und selbst bei uncoolen Situationen eine gelassene Herangehensweise hab und auch weiß, wie man mit Leuten zu sprechen hat. Umso mehr schockierte mich die patzige Antwort

„Wir haben keine Zeit für deine Karre und sie sollte hier auch schnellstmöglich weg."

„Könnte denn auch keiner von ihren Mechanikern mal einen Blick drüber werfen, vielleicht hat der T4 für geschulte Augen was offensichtliches, das würde mir schon sehr weiter helfen."

„Nein! Standgebühren pro Tag 18 Netto."

„Saftladen" und legte auf. Glaubt mir, das gab eine sehr schlechte google-Bewertung. Es war Freitag. Heute würde ich den da sowieso nicht mehr weg bekommen. Samstag und Sonntag hat das Autohaus geschlossen und Montag ist auch noch Feiertag. Also bin ich aufgerundet schon mal 100€ los, einfach nur weil der Wagen da steht wo er nun mal gerade steht. Ich fing an im Internet nach Werkstätten in der Nähe des Standortes meines Campers zu Suchen und telefonierte jeden einzelnen ab. Ich wiederholte wieder und wieder den kilometerlangen Satz:

„Hallo ich bin gestern in ihrer Nähe liegen geblieben und nun steht mein Auto in dem Autohaus XY die ihn sich nicht einmal ansehen wollen und nun bin ich auf der Suche nach jemanden, der den Wagen von dort aus abschleppen kann weil der Motor nicht startet und sich den bei sich in der Werkstatt ansehen und im besten Fall reparieren kann, noch dazu muss ich aber sagen, dass der Wagen eine Höhe von 2,60m und eine Länge von 6,50m hat."

„Leider haben wir keine Möglichkeit ihn abzuschleppen."

„Wir haben keine Kapazitäten dafür."

„Das hört sich nach Motorschaden an, so was machen wir gar nicht erst."

„Der Wagen ist zu hoch für meine Werkstatt."

„Der ist zu groß für meinen Abschlepper."

„An Freitagen nehmen wir keine Aufträge mehr entgegen."

Leute ich war tieftraurig und fühlte mich so aufgeschmissen. Ich wusste nicht, was ich machen sollte. Was versuche ich als nächstes? Ich rief ein Unternehmen, welches für Fahrzeugtransporte bekannt war, an und fragte nach den Kosten für die knapp 300km. Lieber soll er kaputt bei mir auf dem Hof stehen, als alleine so weit von mir entfernt. Ca. 725€. Ich sagte ich würde mich nochmal melden und legte auf. Das kann doch nicht sein, so viel war ich nun doch nicht bereit, dafür zu zahlen. Es war bereits später Nachmittag und meine Laune dementsprechend sehr bedrückt. Tausende Fragen: Wie bekomme ich mein Auto dort weg? Wie wird es dann weiter gehen? Kann ich dem Wagen noch vertrauen? Was wird mich das alles bloß kosten? Was kann ich noch versuchen? Die Ideen gingen mir aus.

Plötzlich vibrierte mein Handy, ein Anruf mit der Vorwahl des besagten Ortes.

„Hallo, bitte entschuldigen Sie mich, ich habe mich vertan. Ich hab gerade nachgemessen und ihr Van würde doch in meine Werkstatt, als auch auf die Hebebühne, als auch auf meinen Abschlepper passen. Oder haben Sie schon wen gefunden, der sich um ihr Auto kümmern kann?"

„omggg neiiiin, niemand aus der Nähe hat Kapazität oder die Möglichkeit für den dicken. Sie würden mir damit echt weiter helfen!" Ich war so erleichtert und aufgeregt.

„Leider wird das aber erst am Dienstag was. Schicken Sie per e-Mail einfach eine Vollmacht, dass ich den Camper dort abholen darf und ich melde mich, wenn ich mehr weiß."

Ich bedankte mich 1000-fach. Pure Erleichterung schoss durch meinen Körper. Was für ein geiler Typ bitte, der sich nach dem ersten Telefonat noch ein mal Gedanken macht und sogar noch nachmisst, ob es nicht doch passen könnte. Das wird ein dickes Trinkgeld geben.

Die Tatsache, dass er erst am Dienstag Zeit für Oskar findet, machte mir nichts. Ich war froh und dankbar, jemanden gefunden zu haben, der sich meinem Problem annimmt. Jetzt ging es mir nur darum, das verlängerte Wochenende hinter mich zu bringen, um dann endlich Klarheit zu bekommen.

-9-

Das Wochenende und der Feiertag vergingen wie in Zeitlupe. Noch dazu machte ich mir unnötig Gedanken. Bzw. auch berechtigte. Was z.B. mach ich, wenn es tatsächlich ein Motorschaden ist? Es ist wahrscheinlich einer. Also was mache ich? Lasse ich ihn nach Polen transportieren, um da für günstiger einen neuen Motor einbauen zu lassen? Oder verkaufe ich ihn? Wie bekomme ich ihn aber weg, oder versuche ich ihn dort zu verscherbeln? Beim letzten Startversuch drehte der Motor jedoch, vielleicht ist es doch was anderes? Fragen über Fragen.

Es war endlich Dienstag und ich drehte die Lautstärke meines Handys auf ganz laut, damit ich bloß den Anruf nicht überhöre. Gegen Mittag war es dann soweit.

„Soweit hat alles geklappt. Zumindest steht ihr Wagen jetzt bei mir in der Werkstatt. Ich werde leider erst morgen Zeit haben, mir den mal anzusehen."

Ich bedankte mich und bereitete mich drauf vor, weiter zu warten. Keine 24-Stunden später dann der erlösende Anruf. Ich hörte im Hintergrund bekannte Motorgeräusche.

„Hat der sich schon immer so fahren lassen, wie eine schwangere Milchkuh??" sagte er mit lauter Stimme, da ein alter, lauter T4 Motor neben ihm schlackerte.

„WIIIE DER FÄHRT?!"

Dieses klappern dabei würde ich vielleicht unter 100 anderen Motoren erkennen.

„Ja schon, aber ziemlich schwach auf der Brust."

„Ach das ist normal, der hat bloß 78 PS auf seine zwei Tonnen. Was haben Sie gemacht, dass Sie ihn so schnell wieder zum laufen bekommen haben?"

„Getankt."

Ich dachte meine Augen fallen heraus, so weit habe ich sie auf gerissen. Außerdem wusste ich nicht, was ich sagen sollte und blieb erstmal still.

„Das konntest du nicht wissen, deine Tankanzeige spinnt. Die hängt sich, sobald der Motor läuft, auf ca. 1/3 auf der Tankanzeige auf, geht zwar mit nach oben, aber kein Stück tiefer."

Ich wusste nicht was ich sagen sollte. Bis ich wieder was sagte, vergingen locker 60 Sekunden.

„Und jetzt läuft die Möhre wieder komplett?"

„Ja schon. Der musste bloß entlüftet werden. Ich würde allerdings morgen noch eine größere Runde damit fahren wollen, um auch wirklich sicher zu gehen, dass alles läuft. Wenn alles passt, kannst du den Freitag schon abholen."

„Und ich hatte einfach keinen Sprit mehr..?" Ich war so baff. Hätte nie damit gerechnet, dass so was wirklich mal vorkommt, und dann ausgerechnet mir.

„Es passiert jedem mal, noch dazu konntest du ja nicht riechen, dass die Tankanzeige nicht ganz richtig funktioniert."

„Da ist wohl was dran."

„Ich melde mich morgen wieder, nach der langen Probefahrt und berichte, wie er sich so macht. Mach dir keinen Kopf und sei froh, dass es nichts schlimmes ist."

„Sie haben Recht, vielen Dank und bis morgen."

Mein übereifriger Optimismus ließ mich direkt die Zugverbindungen für den Freitag checken. Ein ICE fährt von meinem Kaff in Oskars Kaff. Für 40€ wanderte das Ticket direkt in meine Tasche. Jetzt muss der Dicke bloß morgen durch halten, und Freitag am besten auch noch. Aber was soll schon sein, ich müsste lediglich regelmäßig tanken.

Am nächsten Tag bekam ich den Anruf, dass der Van bei der Probefahrt keine Probleme gemacht hat und ich ihn am nächsten Tag abholen kann. Am kommenden Morgen ließ ich mich zum Bahnhof bringen und stieg dann, nach über 6 Jahren das erste mal wieder in einen Zug ein. Ich wusste gar nicht mehr wie das geht und überlegte erst einmal, ob ich irgendwas beachten müsse. Außerdem fuhr ich das erste Mal mit einem QR-Code auf dem Handy, statt einem Ticket in der Hand. Ich will nicht sagen, dass ich deswegen aufgeregt war, aber schon so ein bisschen. Es hat jedoch alles problemlos geklappt. Als ich am Zielort an kam, musste ich erst noch 15min zu Fuß zur Werkstatt laufen und da sah ich ihn endlich wieder. Er war so süß aus wie er da stand, mit seinem selbst gebasteltem Hochdach und diesen alten, aufgeplatzten Lack. Ich umarmte ihn erst einmal, kurz darauf hoffte ich, dass es niemand bemerkt hatte. Ich ging vom Parkplatz in die Werkstatthalle hinein. Ein großer, stabiler Mann mit Undercut und Zopf beugte sich über den Motorblock eines Dodge. Er trug eine Jeansweste mit abgerissenen Ärmeln, wodurch sein riesiger Bizeps bestens zur Geltung kam. In hinteren Bereich der Halle standen einige Harley-Davidson. Dieser Typ passte optisch wie eine 10/10 auf diese bikes. Ich hab erst überlegt, ich versuche ein wenig cooler und taffer rüber zu kommen. Doch als mir dann ein quietschendes „Moinii" mit leichtem voicecrack über die Lippen glitt, hatte sich die coolness auch schon wieder erledigt. Sein markantes Gesicht blickte in meine Richtung. Er wischte sich seine Hände am Handtuch ab und warf es lässig über seine Schulter. Mit einem „Grüß Gott, genau so hab ich mir eine Weltreisende vorgestellt." begrüßte er mir. Grüß Gott? Ich hab ganz vergessen, dass im Osten andere Grußformen gelten. Ein breiter Typ, durchtrainiert und ölverschmiert und dann haut er einfach „Grüß Gott" raus. Kurz dachte ich, ich wäre die Coolere von uns beiden. Wir gingen in sein Büro. „Glauben Sie mir, dass Sie der Einzige aus der gesamten Stadt waren, der sich dem T4 annehmen wollte? Sie haben mich damit echt gerettet!"

„Oh, das wäre ja wirklich ärgerlich geworden. Seitdem hier eine große Werkstatt zu gemacht hat, sind die ganzen kleineren komplett überfordert. Einerseits freuen die sich über die ganzen Aufträge, andrerseits sind die Mechaniker überlastet."

„Wie kommt´s denn, dass Sie so schnell Zeit hatten?"

„Ich schwimme nicht mit dem Strom. Ich bin auf kein Geld hier angewiesen. Das hier ist alleine meine Leidenschaft. Ich kümmre mich lediglich um meine Stammkunden und meinen Motorradclub. Die Jungs und ich schrauben hier gerne gemeinsam rum und trinken dabei ein paar Bierchen."

„Umso geehrter fühle ich mich jetzt, dass Sie sich um mein Problem gekümmert haben."

Er fing an zu lächeln. Ich freute mich, einen Menschen zu begegnen, der nicht nur Geld und

Ruhm im Kopf hat, Reichtum entspringt nämlich an ganz anderen Wurzeln.

Wir rechneten ab, ich gab ihm das Geld für das Abschleppen und die Stunden, die er in die Entlüftung und die Probefahrt gesteckt hatte und zusätzlich noch 50€, welche er nicht annehmen wollte.

„Dann geben Sie das für zwei Kisten Bier für Sie und Ihre Jungs aus, ich bestehe da drauf."

Damit hatte ich ihn wohl, vielleicht weil es dann wieder einen Grund gab, seine Jungs zusammen zu trommeln und ein wenig Zeit miteinander zu verbringen. Er nahm dankend an, gab mir meinen Schlüssel und ich gurkte mit dem Van aus der Einfahrt raus.

-10-

Mein Navi war extra auf „Autobahn vermeiden" eingestellt, damit ich ihn erst mal auf Landstraßen einschätzen konnte. Nach einiger Zeit fiel mir auf, dass meine Tankanzeige 1/3 anzeigt. Mein Puls schoss direkt in die Höhe. Der Typ von der Werkstatt hatte immerhin nur ein paar Liter eingefüllt, warum ist mir denn nicht sofort in den Sinn gekommen, unmittelbar die nächste Tankstelle anzufahren und voll zu tanken? Ich Dummkopf. Unverantwortlich zückte ich mein Handy und klickte bei Google Maps auf das Suchfeld für Tankstellen. Und Leute, vertraut niemals dieser Funktion, aus folgendem Grund. Ich fuhr die erste Tanke an, die mir angezeigt wurde. Doch hier war keine, lediglich ein menschenleeres Industriegebiet. Vermutlich versteckte sich eine Tanksäule eines Unternehmens hinter den Zäunen, doch diese kann mir leider auch nicht weiter helfen. Schnell klickte ich auf die nächste Tankstelle und fuhr so spritsparend wie möglich hin. Ich hatte kein gutes Gefühl bei der Sache und sah mich schon wieder den ADAC rufen. Ich näherte mich einem großen Bauernhof, doch weit und breit keine

Tankstelle. Maps musste mir wieder was falsches angezeigt haben. Ich drehte mitten auf der Straße, hielt rechts kurz an und blickte auf mein Handy. Noch so einen Flop wollte ich vermeiden und suchte mir die nächste „Marken"-Tankstelle raus. ARAL, 23km entfernt. Der Rest noch weiter weg oder es bestand das Risiko, wieder auf eine private oder unzugängliche Säule zu treffen. Ich tuckerte los. Sichtlich nervös fuhr ich langsam Richtung der Tankstelle. Zu meinem Nachteil ging es größtenteils durch Dörfer, ich musste oft abbiegen und noch dazu über den ein oder anderen Hügel gelangen. Wie das nun mal immer so ist, wenn man es sich am wenigsten erlauben kann, trifft es einen.

Ich war schon lange nicht mehr so erleichtert, wie in dem Moment, als ich die Anzeigetafel der ARAL Tankstelle erblickte. Als ich das Tanken begann, konnte sich mein Puls endlich wieder beruhigen. Mir gingen die Worte von meinem ehemaligen Chef durch den Kopf, der bei jeder Kleinigkeit immer hochgeschossen ist. Denn jedes Mal, wenn ich ihn beruhigen wollte, sagte er „Lass mich, ich brauch diese

Aufregung. Hat auch meine Ärztin gesagt, die Pumpe muss richtig ackern."

Vielleicht ist da was dran. Ruhigen Gewissens konnte ich meine Weiterfahrt fortsetzen. Nach kurzer Zeit fielen mir jedoch merkwürdige Geräusche auf. Ein grobes Schleifen und ein leichtes klappern des Motorraums heraus. Ich musste nicht lange überlegen, bis mir total entsetzt auffiel, dass der Mechaniker und ich ja überhaupt nicht über das Öl, welches er beim liegen bleiben verloren hatte, gesprochen hatten. Ich wusste also nicht, ob er es wieder aufgefüllt hatte und blieb direkt bei der nächsten Haltemöglichkeit stehen. Eigentlich wollte ich es gar nicht wissen, trotzdem musste ich die Motorhaube öffnen und den Ölstand kontrollieren. Als ich den Stab nach dem sauber machen rausholte, war da nicht eine Spur von Öl. Heute scheint ja echt ein sehr guter Tag von mir zu sein. Wenigstens war mein Vergangenheits-Ich gerissen genug gewesen, unter einer Sitzbank 5l Öl für den Fall der Fälle zu bunkern. 1,2l gingen rein, bis der Ölstand genau die Mitte bei den Markierungen des Messstabes erreichte. Ich hatte so ein schlechtes Gewissen Oskar gegenüber. Womit hat er dieses ganze Durcheinander verdient. Zurück auf dem Fahrersitz streichelte ich ein paar Mal über das Armaturenbrett und sagte „Sorry Dickerchen". Er schien nicht allzu sauer zu sein, da er direkt ansprang wie eine 1. Unsere Heimreise ging dann noch dummerweise durch eine Großstadt und im Anschluss auf die Autobahn. Nach ca. 100km hielt ich an und prüfte noch einmal den Ölstand. Einen großen Schluck durfte ich noch dazu kippen. Wo lässt er aktuell das ganze Öl? Fragte ich mich.

Ich bemerkte ein fast food Restaurant am Rastplatz und holte mir etwas Nervennahrung, welche ich während der Fahrt aß. Doch schnell stellte ich fest, dass mir der Fraß ziemlich auf den Magen schlug. Die restliche Fahrtzeit war wirklich unangenehm. Mein Plan war es eigentlich, auf dem Rückweg bei meinen Eltern halt zu machen, da 1. mein Hund dort war und ich 2. vorhatte, abends noch zum Fußballtraining (SG HuLi 4 life <3) zu gehen, welches dort in der Nähe stattfand. Als ich jedoch dort ankam, ging es mir immer schlechter, bis ich mich übergeben musste. „Was für ein Tag." dachte ich mir. Es ging mir danach zwar deutlich besser, fand es aber für sinnvoll das Training abzusagen und stattdessen nach Hause zu fahren und mich hinzulegen.

Ich schnappte Bugsi, bedankte mich bei meinen Eltern für das Babysitten und machte mich auf den 20-minütigen Heimweg. Dort angekommen brühte mir einen Tee auf, legte mich ins Bett und schlief sofort ein, ohne den Tee noch mal angerührt zu haben.

-11-

Am nächsten Tag war ich tatsächlich wieder fit wie ein Turnschuh. Ich machte mich direkt an meine Mängelliste, bestellte die defekten Teile und räumte die noch da gebliebenen Einkäufe aus Polen aus dem Auto. Außerdem führte ich eine Grundreinigung durch.

Die nächsten Wochen war ich mit der Arbeit beschäftigt und besserte die Kleinigkeiten am Van aus. Einige Dinge gingen schnell, einige dauerten ein wenig an. Zum Glück hatte ich die Zeit die ich brauchte. Ich baute außerdem wieder vertrauen zu ihm auf. Des Weiteren plante ich schon einmal grob meine nächste Strecke. Mein großes Ziel blieb Portugal, das noch größere Ziel ist es, so viel wie möglich zu sehen. Ich wollte über die Nordküste in den Westen und von dort aus über die Südküste zurück. Dieser Plan war fest in meinem Kopf verankert.

In der kurzen Zeit, wo ich täglich zur Arbeit fuhr, wurde mir erst wieder richtig bewusst, wie viel Zeit man überhaupt dadurch verliert. Ich bereute ein wenig zugestimmt zu haben. In meinem Kopf gingen hunderte Gedanken rum, wo ich jetzt wohl wäre, wenn ich nicht hier gebunden wäre, und um wie viel es mir besser gehen würde. Unsere Zeit auf dieser Welt ist so kurz und befristet, noch dazu wird uns hier so viel geboten und es gibt hier unbeschreiblich viel zu entdecken. Doch was macht der Mensch? Der fliegt ein Mal im Jahr an den selben Ort wie zuvor, wo sich auch tausend andere Touristen rum treiben. Wer hatte erfahrungsgemäß bei euch im Kreis die besseren Erzählungen, die Leute, die in Ägypten oder in der Türkei waren, oder diejenigen, die über mehrere Monate alleine auf einen fremden Kontinent beispielsweise work & travel gemacht haben? Wir werden geprägt von gesellschaftlichen Standards, werden in Schubladen gesteckt oder es versucht, uns in unserem Denken zu beeinflussen. Angenommen du hast mal mit jemanden deine Vision geteilt, hat dir derjenige darauf mit Zuspruch oder mit Widerstand geantwortet? Ich vermute ganz stark mit Widerstand, oder zumindest mit Skepsis. Wie oft hat jemand seine persönlichen Grenzen mit deinen verwechselt? Und wo wärst du jetzt vielleicht, wenn du damals einfach dein Ding durchgezogen hättest? Klar vielleicht wäre man ein wenig auf die Schnauze geflogen, jedoch hättest du trotzdem mindestens an Erfahrung dazu gewonnen. Erfolg ist dabei nicht ganz Glück, jedoch hat Glück viel mit Erfolg zu tun. Ausgeglichene und philosophierte Menschen kommen mir meist glücklicher vor, als erfolgreiche aber gestresste Geschäftsleute. Noch dazu weiß keiner wie lange uns tatsächlich bleibt. Wenn dein Ziel in 15 Jahren liegt, einen Laden zu übernehmen und du die ganzen Jahre darauf hin ackerst, wer kann dir versprechen, dass du da überhaupt noch unter uns weihst? Du verzichtest in diesen 15 Jahren eventuell auf mehrere Wochen Urlaub und unzählbar viele freie Nachmittage, um dann vielleicht kurz vor Ziel an einem Wespenstich oder etwas anderen, völlig banalen zu sterben. Ich möchte dich jetzt nicht unbedingt zur Arbeitslosigkeit motivieren, jedoch finde ich, dass gut durchdachte und langfristige Pausen vom „Leben", wie wir es verallgemeinern mit „so ist das Leben", stark positiv auf unser permanentes Allgemeinbefinden auswirken können. Denkt immer dran, ihr arbeitet im Durchschnitt 40 Jahre im Leben, wenn ihr euch dazu Statistiken anguckt, in welchem Alter Menschen an schlimmen Krankheiten erkranken, bleibt euch nicht viel gesunde Rente zum Ausnutzen. Natürlich muss dieser Fall nicht eintreffen, aber die Wahrscheinlichkeit steigt, umso älter man wird.

Ich hab letztens einen Beitrag von einer jungen Frau und ihrer Freundesgruppe gesehen, die das Leben in vollen Zügen ausnutzten und in aus jeder Situation das Beste rausholen konnten. Spaß und Freude stand allezeit im Vordergrund, und warum? Die besagte junge Frau wusste, dass sie nur ein Alter von etwa 40 Jahren erreichen werden würde. In der Gruppe waren alle um die Mitte Zwanzig. Die Freunde haben durch sie gelernt, wie kurz das Leben sein kann und haben sich eine dicke Scheibe, von der erkrankten Freundin abgeschnitten. Keiner von ihnen lebte ein Leben in Ruhm bestehend aus Geld, sie schätzten das Leben an gemeinsamen Aktivitäten und messen den Wert ihrer Zeit nicht an materiellen Errungenschaften.

Was würdest du wählen, ein spannendes und glückliches, dafür aber etwas kürzeres Leben, oder ein langes, dafür aber stets diszipliniertes und beeinträchtigtes Leben? Die Frage ist schwer, viele würden sich vermutlich über ein gesundes Mittelmaß freuen. Vielleicht sollte man aber jedoch mal sein ein oder anderes Ziel überdenken.

Jetzt bin ich tatsächlich ein Stückchen vom Thema abgekommen.

-12-

Die Arbeit war vorbei, das Konto wieder etwas gefüllter und die Strecke grob geplant. Eigentlich wollte ich noch ein wenig verweilen, doch die Aufregung und Vorfreude ließ mich über eine Woche zu früh los fahren. Ich packte meine und Bugsis Sachen und bereitete mich noch ein wenig mental auf dieses Ereignis vor. Wer weiß was alles abgehen wird, was ich erleben werde, welche Leute ich kennen lernen würde und so weiter. Ich konnte es kaum erwarten, diese ganzen Fragen in meinem Kopf beantworten zu können.

Meine erste Fahrt ging erst ein mal hoch an die Nordsee. Kennt ihr dieses Gefühl, wenn man mit dem Auto in den Urlaub fährt und die ersten Dinge erblickt, die einen so eine Art Freiheitsgefühl geben? Oder zumindest dieses Gefühl von Urlaub. Ich hab es richtig gefühlt. Das Wetter war gut, mittlerweile war es Anfang Juli. Ich ergatterte schnell einen Stellplatz für die Nacht und spazierte glücklich am Meer entlang. Barfuß im Sand zu gehen und die kleinen Wellen zu spüren war großartig. Wer jedoch noch mehr Spaß hatte war natürlich Bugs. Er konnte sein Glück kaum fassen wieder an diesem gigantischen Wasserbecken sein zu dürfen und bekam direkt seine 5min, die ich bei ihm liebevoll „Anfall" getauft hab. Der Strand war leer, die nächsten Menschen hunderte von Metern entfernt. Ich ließ ihn einfach Hund sein und seine verrückte Ader ausleben. Wie würde wohl so ein Menschenleben aussehen, wenn wir leben würden wie Bugs und Spiel und Spaß an oberste Stelle stehen haben würden. Ich genoss seinen Anblick und fühlte mich sorgenfrei. Wir schauten uns den Sonnenuntergang an und nutzten die letzten Lichtstrahlen um zu unserem Camper zu kommen. Im Handumdrehen war die Sitzecke nach längerer Zeit wieder mein Schlafplatz geworden. Ich schmuste mich in meine T1-Bettwäsche, grinste mir einen ab und glitt so ins Land der Träume.

Am Morgen wurde ich sanft von ein paar Sonnenstrahlen geweckt, welche sich zwischen meinen Gardinen durch schlängelten. Ich fühlte mich wunderbar und hab super geschlafen. Zu aller erst putzte ich mir die Zähne am Waschbecken mit meinem neuen Wasserhahn.

Ich war so froh, dass soweit alles hingehauen hatte was ich ausbessern wollte. Nachdem ich mein Gesicht gewaschen hatte schnappte ich mir Bugsi und wir gingen ans Meer unseren Morgenspaziergang vollbringen. Bei einem Bäcker holte ich mir ein belegtes Brötchen, welches ich, wie beim letzten mal, im Sand direkt am Wasser aß, nur mit dem Unterschied, dass es dieses mal tatsächlich angenehm warm war und es nicht regnete. Ich zückte mein Handy und suchte mir den nächsten Halt aus. Es war weiterhin mein Plan ca. 2-4 Stunden am Tag zu fahren und mich so langsam Richtung Portugal zu bewegen. Ich wollte es heute jedoch unbedingt in die Niederlande schaffen und um mir ein wenig Strecke zu sparen, fuhr ich nicht am Meer entlang, sondern eher über das Festland. Mitten im Nirgendwo fand ich online einen kleinen, süßen Campingplatz. Mein großer Vorteil war, dass ich auf nichts angewiesen war, kein Strom- oder Wasseranschluss und mich dadurch auf die einfachsten Stellplätze begeben konnte. Voller Vorfreude machte ich mich auf den Weg zurück zum Van, packte meine Sachen zusammen und fuhr los. Oskar war fit und hatte bock auf Langstrecken, ich ebenfalls. Wir tuckerten auf die Autobahn, bis über die Grenze. Endlose Felder und Landschaften warteten dort. Dieses Land gibt mir immer so einen ganz besonderen vibe. Alles sah so friedlich und harmonisch aus. Wir erreichten unser Tagesziel. Ich fuhr direkt auf einen freien Platz weit weg von den anderen Campern, damit ich Bugsi problemlos an der langen Schleppleine am Auto befestigen konnte. Eine fröhliche Frau mittleren Alters kam auf mich zu.

„Hellooo girl and welcome. Where are you from?"

„Hii, I am from Germany near Hannover. It´s a very nice place here!"

Sollten irgendwer irgendwelche Einwände gegen mein einfaches Englisch haben, es wird noch deutlich besser (also schlimmer).

„Thank you so much! How long would you like to stay?"

„Just one night."

„Okay. Please fill out this note and put it into the mailbox together with 15€ tomorrow morning."

„Okay, thank you very much."

„Your english is very good. Normally Germans can´t say any word hahah."

„I know, that´s awful."

Ich war schon beinahe überwältigt von diesem Kompliment, das musste ich unbedingt einer ganz bestimmten Person erzählen, aber das kommt erst in ein paar Tagen.

Erst einmal gab es aber was zu Essen. Ich machte mir Nudeln mit Pesto auf meinem Campingkocher und Bugsi bekam sein Futter. Nach einem kurzen Nap drehten wir eine große Gassirunde und erkundeten die Gegend. Ich war begeistert von der Pflege der Natur hier. Der Platz war wirklich sehr sehr abgelegen und es fuhr nicht ein Auto hier lang, dennoch waren alle Bäche frei gemäht und die Sträucher und Bäume an der Straße gepflegt und geschnitten. Überall wuchsen Blumen, die Kühe hatten gigantische Wiesen zur Verfügung und alles wirkte sehr idyllisch. Als wir wieder zurück im Van waren, wollte ich den Zettel der guten Frau ausfüllen. Ich habe mir vorher nie die niederländische Sprache angesehen - die ist der Hammer. Man versteht sie, ohne sie zu verstehen. Hier mein best-off´s der Wörter auf diesem Blatt:

Naam:, Adres:, Woonplaats:, Kenteken kampeerauto:, Datum aankomst:, Datum vertrek:, hond? 1€

Ich war mal wieder begeistert, füllte den Zettel mit einem Lächeln aus und verschloss den Umschlag mit 20€ Inhalt. Gute Unterhaltung = gutes Trinkgeld.

Es war schon spät, somit machte ich alles bereit für die Nacht. Ein wundervoller Sonnenuntergang erwartete mich hinter der Wiese mit den Kühen. Ich laß noch ein wenig in meinem Buch, bis ich das Licht aus machte und meine müden Augen mich einschliefen ließen.

-13-

Ich fühlte mich so unbeschwert und angekommen. Ich meine natürlich nicht in Portugal angekommen, sondern in dem was ich tue. Es kam mir so richtig vor dort zu sein, wo auch immer ich da war, mit Bugsi und Oskar neue Orte zu erkunden und einfach in den Tag hinein zu leben. Mit meinem Campingkocher erhitzte ich etwas Wasser und kochte mir zwei Eier. Nach 7 Minuten machte ich den Kocher aus, kippte das Wasser aus und ließ die Eier auf einer Teller abkühlen. Ich machte Bugsi fertig für den Spaziergang, packte ein paar Kotbeutel ein und machte mich auf den Weg zum nahegelegenen Bäcker. Unterwegs zum Ausgang des Campingplatzes sah ich ein älteres Pärchen, welches gerade ihr edles Wohnmobil verließen, um den Morgen auf sich wirken zu lassen. Beim vorbeigehen bemerkte ich ihr gelbes Kennzeichen, also mussten meine english-skills wieder her halten.

„Good morning, I am on my way to a bakery. Do you want something from there?"

„Oh thank you so much. Yes maybe four bread-rolls, is it okay?"

„Yes, of course. I will be back in 20 minutes."

Die beiden freuten sich sehr über mein Angebot, sah jedenfalls so aus, ich verstand nämlich kein Wort von dem, was sie danach gesagt haben. Der Weg zum Bäcker war wie erwartet traumhaft schön und ließ mich direkt positiv in den neuen Tag starten. Beim Becker angekommen wurde mir bewusst, dass die Kommunikation wahrscheinlich schwer fallen wird, da die Bäckerei von einer älteren Dame betrieben wird. Naja ich machte es mir einfach, indem ich auf die frischen Brötchen zeigte und sechs Finger hoch hielt. Klappte wunderbar. Ich bezahlte mit den Worten „That´s okay", damit die Gute merkt, dass der Rest Trinkgeld ist. Auf dem Rückweg strahlte mir die Sonne ins Gesicht und langsam merkte ich, dass sich der Tag zu einem ziemlich warmen entwickeln wird. Das ältere Pärchen wartete schon sehnsüchtig auf ihre Bestellung. Ich nahm meine beiden Brötchen aus der Tüte und überreichte ihnen deren vier. Als die Dame fragte, was ich an Geld von den beiden bekomme, war ich schon fünf Meter weiter weg und sagte

„No cash, just have a nice day."

und ich hoffe, den hatten sie auch. Zurück am Van angekommen pellte ich meine gekochten Eier, schnitt die Brötchen auf und verteilte das ebenso geschnittene Ei auf den Brötchenhälften. Schöner könnte ein Morgen doch kaum sein. Nebenbei überlegte ich, wo meine Reise heute hin gehen wird, denn dadurch, dass es heute warm wird, kann ich nicht allzu lange fahren, da ich keine Klimaanlage habe. Also suchte ich mir ein schnelles Ziel raus, am liebsten wieder am Meer. Ich suchte mir online einen abgelegenen Stellplatz in der Nähe vom Meer, weit weg von den ganzen Großstädten. Schnell wurde ich auch fündig und stellte mein Handynavi darauf ein. In aller Ruhe frühstückte ich zu ende und spielte danach noch eine kleine Runde mit Bugsi, bis wir uns zu den Briefkasten des Campingplatzes machten um den Umschlag mit dem Geld einzuwerfen. Im Anschluss verstaute ich wieder alle rumliegenden Gegenstände im Van, schnallte Bugs an und fuhr aus der Camping-

Anlage aus. Die Betreiberin winkte uns noch freudig hinterher.

Die Autofahrt verlief wie immer langsam und reibungslos. Gegen Mittag, kurz bevor es unerträglich warm in Oskar wurde, kamen wir an unserem Stellplatz an. Ein einfaches Stück Asphalt vorgesehen für Camping Mobile mit einem Parkautomaten. Mehr auch nicht. 8€ die Nacht, ein Schnapper, dafür jedoch ohne Sanitären Anlagen, Strom oder Wasserzugang. Großer Pluspunkt: Das Meer war in sichtbarer Nähe und es waren keine Massen an Touristen zu erkennen.

Ich parkte ganz am Ende, zog die Vorhänge zu, schmiss mich in meinen Bikini, packte Bugsi an der langen Schleppleine und rannte mit ihm zum Wasser. Es war gerade Ebbe, der Strand war also riesig und unser Spaß grenzenlos. Wir schmissen uns in die Wellen, die die langsam kehrende Flut uns brachte.

Völlig erschöpft gingen wir nach einer gefühlten Ewigkeit Richtung Van, dicht gefolgt von dem noch flachen Wasser.

Dort angekommen gab es erst ein mal Futter für das Hündchen und Nudeln mit

Tomatensoße für mich. Erschöpft klappte ich danach die Sitzbank zur Liegefläche um, um mich auszuruhen.

Mit dem geöffneten Buch in der Hand schlief ich ein.

-14-

Wie ein Totalschaden wachte ich aus meinem Nap auf. Bugs ließ noch auf sich warten. Mittlerweile war die Sonne zwischen einzelnen Wolken verschwunden, trotzdem war es warm und schön draußen. Ich war so froh, dass ich mittlerweile problemlos mein Handy über die Zweitbatterie laden konnte. Damit checkte ich auch direkt aus, wo man in der Nähe was gutes zu Essen bekommen könnte. Ich fand eine vielversprechende Pizzeria und machte mich sofort mit Bugsi auf den Weg dorthin. Es gab eine typische Margherita mit Aioli-Dipp, die ich mir zum Mitnehmen einpacken ließ. Zurück am Camper angekommen klappte ich den Tisch hervor, gab Bugsi eine Kaustange und fing an, meine Pizza zu genießen. Sie war zwar nicht so gut, wie die in meiner lieblings-Pizzeria, aber trotzdem sehr köstlich.

Im Anschluss machten wir einen gemütlichen Verdauungssparziergang im Sand am Meer entlang. Mittlerweile ging das Wasser auch schon wieder zurück, denn die Flut war vorbei. Wir hatten so viel Platz für uns alleine. Ich hielt Ausschau nach schönen Muscheln, die ich mitnehmen konnte, Bugsi hingegen war kurz davor einen dramatischen Kampf mit einer Krabbe zu starten. Jeder weiß, wie so etwas aus geht und wer wem zum Schluss in die Nase kneift, also unterbrach ich das Techtelmechtel und ließ ihn sich wieder mehr auf mich konzentrieren. Wir übten einige Kunststückchen. Ich ließ ihn Slalom durch meine Beine laufen, während ich einige Schritte ging. Danach sollte er „dreh dich" in beide Richtungen ausführen und zum Schluss sich hinsetzen und mir zuwinken. Dafür gab es ein Leckerchen und schon durfte er sich wieder seinen Interessen in Sand widmen. Zum Schluss setzten wir uns noch auf eine Bank und beobachteten den Sonnenuntergang.

Mir wurde dabei bewusst, dass ich kleine Momente wie diesen viel zu selten in meinen Alltag hinzugefügt habe. Es gibt ein mal täglich einen Sonnenaufgang, und ein mal täglich einen Sonnenuntergang. Fast jeder sieht ihn sich gerne an. Warum machen wir es aber so selten? Ich nahm mir vor, mehr Pausen solcher Art in meinen Alltag zu integrieren. Auf dem Weg zum Camper suchte ich mir noch ein ruhiges Plätzchen um lulu machen zu können, da auf unserem Stellplatz ja keine WC´s sind. Immer wenn man denkt, man ist ungestört, kommen Radfahrer und überzeugen dich vom Gegenteil. Nunja, passiert den besten. Am Van fand meine abendliche Routine statt, bis auf das umklappen der Liegefläche, da sie vom nap schon bereit geklappt war. Also stand bloß noch Zähne putzen, umziehen und ein bisschen lesen auf den Plan. Zeitig wollte ich ins Bett, da morgen ein besonderer Tag auf mich wartete. Oder auch nicht, die endgültige Entscheidung würde spontan fallen, ich überlegte jedoch eine Freundin in den Haag zu überraschen. Ich wollte allerdings nicht planen, deswegen ließ ich meine Stimmung am Folgetag entscheiden.

Nach einer ereignislosen Nacht schob ich zu aller erst die Vorhänge zur Seite um die ersten Sonnenstrahlen in den Van zu lassen. Ich griff zum Pizzakarton auf dem Beifahrersitz und aß mein Frühstück in Form von zwei Stückchen Pizza von gestern Nachmittag. Kalte Pizza = bestes Frühstück. Ich öffnete die Schiebetür und ließ die frische Luft hinein. Anscheinend haben sich nachts zwei Wohnmobile in unserer Nähe niedergelassen. Vor meiner Abreise wurde ich oft gefragt, ob ich keine Angst hätte so ganz alleine an fremden Orten zu sein. Ich habe nie verstanden wovor alle immer so eine Angst haben. Vor den blutrünstigen Rentnern, welche nach jahrzehntelanger Arbeit ihre letzten Jahre mit Reisen im Luxusmobil verbringen wollen? Oder den Hippies, welche ausschließlich love und peace in die Welt bringen? Oh oder vielleicht von den jungen Menschen, welche gerade ihr Abitur beendet haben und die drei Monate, bevor das Studium los geht die unterschiedlichen Kulturen Europas kennenlernen wollen? Ich weiß – ich bin sehr naiv. Meiner Meinung nach ist die Welt jedoch gar nicht so verkorkst wie wir manchmal denken. Es gibt viel mehr gute als schlechte Menschen. Natürlich gibt es auch leider auch nicht so coole Menschen oder bestimmte Gebiete, wo es andersrum ist, aber solange man immer drauf achtet, was für Menschen sich in dem Umfeld rumtreiben, ist man auf der sicheren Seite. Denke ich mir zumindest immer.

Auf jeden Fall bemerkte ich direkt schon am Morgen, dass heute kein Tag für den Großstadttrubel ist, weswegen ich beschloss, nur eine kleine Strecke am Meer entlangzufahren und außerhalb von Menschenmassen die kommende Nacht zu verbringen. Die Inselkurve WEST RFISIAN ISLANDS hat es mir angetan, also plante ich wie üblich nach der morgendlichen Gassirunde meine Route dort hin, bereitete Oskar vor und machte mich dann zielstrebig auf den Weg. Die Fahrt an sich dauerte keine 90 Minuten, großes highlight war jedoch der Weg über den Abschlussdeich. Ich kam mir vor wie auf einer 32 Kilometer langen Brücke über dem Meer. Ehrlich gesagt auch etwas beängstigend gewesen. Guckt es euch gerne bei Google mal an. In den Helder angekommen suchte ich mir einen Parkplatz, packte meinen Beutel mit einigen Snacks und Wasser und ging mit Bugsi zur Fähre, um die Insel Texel zu besuchen. Für 5€ bezahlte ich unser Ticket für die Hin- und Rückfahrt. Nach nur 20 Minuten waren wir dort angekommen. Währenddessen alle mit ihren Fahrzeugen die Fähre in ein und dieselbe Richtung verließen, machten Bugsi und ich uns abseits der Wege auf die Suche nach unserem eigenen geheimen Paradies. Laut Google Maps Satelliten Ansicht sah es zumindest vielversprechend aus. Wir folgten einem schmalen Pfad, welcher anfangs so aussah, wie die kleinen Schleichwege an Rasthöfen, die alle gehen um dort pipi zu machen. Deswegen achtete ich auch extrem drauf, was vor uns war. Lange Zeit kam nichts außer Wald und große Sträucher, doch ich war mir sicher, dort wartet was ganz Besonderes auf uns. Der Weg wurde einfacher, jedoch mussten wir teilweise ein bisschen klettern. Mir fällt es schwer an dieser Stelle zuzugeben, das mir erst dann auffiel, dass 10 Meter parallel zu unserem Dschungelweg eine schmale, asphaltierte Straße befand. Still und heimlich wechselten wir den Weg. Pfadfinderin wäre ich so nicht geworden. Die schmale Straße führte zwischen gigantischen Dünenfeldern und kleinen Teichen direkt zum Meer. Die Natur war atemberaubend schön und machte einen unberührten Eindruck. Wir beobachteten die unterschiedlichsten Tier- und Vogelarten. Vorsichtig begaben wir uns an den Strand und zum Meer. Ich kam mir vor, als wäre ich ganz allein auf dieser Insel. In meinem Beutel war eine kleine Decke, welche ich auf dem Sand auslegte. Ich stellte seine faltbare Schale auf und füllte sie mit Wasser, in seiner anderen Schale füllte ich sein Futter. Wir lassen uns jetzt hier gut gehen. Ich setzte mich bequem auf die Decke und machte mich an meine Snacks. Man kann sich an dieser Kulisse auch einfach nicht satt sehen. In jeder Richtung gibt es was anderes bewundernswertes zu sehen. Gerade zu war das Meer, weiter links konnte man das Festland sehen und alle 30 Minuten die Fähre beobachten. Daneben zog sich der Strand mit Dünen kilometerlang. Selbst dahinter war bloß die reine Natur zu erkennen, die sich hinter mir entlang zog. Zu meiner rechten spiegelte sich das gleiche Bild wie links wieder. Stundenlang lag ich da und ließ das alles auf mich wirken. Das war das erste Mal seit langen, dass ich wieder so einen inneren Frieden spürte. Genau für Augenblicke wie diesen, machte ich das alles. Doch irgendwann hieß es leider Abschied nehmen. Ich versuchte einen anderen Weg zurück, um so viel wie möglich von dieser unglaublichen Insel zu sehen. Man konnte sich kaum satt sehen, ein Ausblick war schöner als der nächste. Ich war schon fast traurig, als ich wieder am Hafen an kam, doch ich musste langsam zurück. Wir brauchten noch einen Stellplatz und eventuell noch eine Mahlzeit für mich. Über das Internet fand ich einen Campingplatz mit

Dusche und Wasserver- und Entsorgung, da mein Wassertank sich langsam dem Ende nahte und ich rechtzeitig auffüllen wollte. Außerdem hatte ich langsam eine warme Dusche bitter nötig. Am Parkplatz angekommen bemerkte ich ein Zettel an der Windschutzscheibe. Alle hassen diesen Moment. Einfach 30€ da mein Parkticket seit knapp über einer Stunde abgelaufen ist. Blöde Unkosten. Ich stellte wieder das Navi im Handy ein und machte mich auf die kurze Strecke von 8 Kilometern zu dem Campingplatz. Es war später Nachmittag als ich dort ankam. Check-in lief schnell und unkompliziert, jedoch sehe ich immer die gleichen Blicke wenn ich sage „no no, just one person.". Es ist einfach so selten geworden, dass man alleine unterwegs ist bzw. Urlaub macht, schade eigentlich, ich liebs.

-15-

Ausgeschlafen und voller elan startete ich in den neuen Tag. Mein Morgen begann, wie jeder Tag mit einer Gassirunde und der Planung des Tages, mit dem Unterschied, dass für heute mein Ziel klar war - den Haag. Online checkte ich wieder die Campingplätze aus und stellte fest, dass nur ein zentraler Platz Hunde erlaubte. Die Begeisterung hielt sich in Grenzen, da ich wusste, dass mich dort ein Haufen Menschen, Kinder und Trubel erwarten würde, aber man kann es ja mal testen. Vielleicht wird es ja gar nicht so schlimm, wie ich denke. Dort angekommen bemerkte ich erst, wie riesig und modern diese Anlage überhaupt erst ist. Die Einfahrt verlief über eine Schranke. Als ich genau davor stand, wusste ich erst gar nicht, was ich machen sollte. Es gab keinen Knopf oder ähnliches, mit der ich den Support erreichen konnte. Wie ein Dulli blickte ich diese Säule an, bis eine laute Computerstimme plötzlich sagte

„Welcome. How can I help you?"

Ich erschreckte und zuckte kurz zusammen. Peinlich berührt sagte ich

„Hii, I want to check in.“

„Please drive to the first building an go to the reception.“

„Oki doki.“

Die Schranke öffnete sich und ich fuhr lange lange, bis das erste Gebäude erschien. Trotz der Tatsache, dass ich lediglich mit einem kleinen Camper und alleine mit nur einem Hund unterwegs bin, zahlte ich unglaubliche 50€ für eine Nacht, ohne Strom und ohne eigenen Wasseranschluss. Booodenlos. Das Gelände war so groß, dass die Empfangsdame mir eine Karte geben musste, in der sie meinen Weg einzeichnete, damit ich es auch finde. Als ich die Straße dorthin entlangfuhr, kam ich mir vor wie in einem eigenen kleinen Dorf. Hier ein Minigolfplatz, da ein Restaurant, daneben ein Supermarkt, dann kam da noch ein Tennisplatz und ein Partyzelt, bis nach gefühlten 15min Fahrt mein Stellplatz kam. Die Plätze waren ca. 8 Meter lang und 5 Meter breit, dann stand da schon das nächste Mobil. Kaum Privatsphäre oder Möglichkeit, das Sonnensegel auszuklappen. Außerdem stand man direkt an dem Weg, wo permanent Leute lang gingen oder Fahrzeuge lang fuhren. Naja für eine Nacht sollte das reichen. Ich war noch gar nicht angekommen, da stand schon die Nachbarin von Gegenüber auf meiner Matte.

„Heii, my name is Cassandra and I am a make up artist. May I do your make up for just 30€?"

„oh no, thank you very much."

Ein Glück ließ sie auch direkt locker und wendete sich ab. Ich war einfach nicht in der Stimmung für solche Sachen heute. Zuallererst schnappte ich mir Bugsi und wir drehen eine Runde auf der Anlagen, checkten die Angebote und Attraktionen aus. Für Kinder und Familien war dieser Ort hier echt ein kleines Paradies, für mich jedoch nichts auf Dauer. Zurück bei Oskar angekommen machte ich eine Sprachnachricht zu einer Freundin, die hier wohnt.

„Surprise Surprise Prinzessin, ich bin gerade in den Haag und bin ein bisschen überfordert hier, vor allem von dem Campingplatz. Einfach lost hier alles."

Ich war mir sicher, dass sie zu dem Zeitpunkt noch auf der Arbeit war, also vertrieb ich mir meine Zeit mit einem Nap. Zwei Stunden lang schlief ich wie ein baby. Ich wurde wach, da mittlerweile die Sonne auf meinen Van schien, welcher sich ziemlich erhitzte. Leicht verschwitzt öffnete ich die Schiebetür. Bugsi der Schlaukopf hat sich schon auf den kühlen Boden gelegt und schaute mich verschlafen an. Ich streckte mich, ging aus dem Camper und schloss die Tür wieder, damit ich schnell lulu machen gehen konnte, solange Bugs noch entspannt warten kann. Ich beeilte mich, obwohl die WC`s nur 20 Meter entfernt waren. Als ich wieder kam und Richtung Van blickte, bemerkte ich, dass einige Leute auf dem Weg stehen geblieben sind und lachten. Einige machten Fotos von Oskar. Ich belächelte die Situation, fragte mich aber, was da los ist. Die Scheibe spiegelte ein wenig, deswegen bemerkte ich erst, als ich näher ran ging, dass sich der Köter einfach auf den Fahrersitz geschmuggelt hat, um herauszufinden, wohin ich ohne ihn wohl gegangen bin. Beim vorbei gehen sagte ein älterer Herr: „Fährt er durch oder wechselt ihr euch manchmal ab?" Ein Allman vom feinsten, dennoch war der Spruch in dem Moment echt lustig. Über die Schiebetür ging ich in den Camper und lockte Bugsi wieder nach hinten. Ich streichelte ihn und flüsterte ihm „Kletter hier nicht so rum, sonst landest du bald noch auf TikTok" zu. Sein treudoofes Gesicht lächelte mich an. Ich wusste direkt was zu tun war. Und zwar schnappte ich meinen Jutebeutel und packte ein Handtuch, einen Ball, Geld und die lange Schleppleine hinein. Bugsi zog ich sein Halsband und sein Geschirr um und dann spazierten wir an der kurzen Leine los, durch den Trubel des Campingplatzes rüber Richtung Strand.

-16-

Mein Magen knurrte und Bugs war ziemlich aufgeregt, weshalb ich beschloss als ersten eine Strandbar zu besuchen, damit ich erst einmal was essen konnte und Bugsi sich ein wenig an die Situation und Umgebung gewöhnen konnte. Wir ergatterten einen ruhigen Platz. Als ich mir die Karte ansehen wollte, bimmelte mein Handy.

„WIIIE DU BIST HIER WO BIST DU GEHEN WIR AN DEN STRAND?!"

Es kommt selten vor, dass man sich freut, so angeschrien zu werden.

„Yeah geil, also hast du Zeit. Ich bin in einer Strandbar. Möchtest du hier herkommen?"

„SCHICK MIR SOFORT DEN STANDORT!"

Und schon hat es nur noch getutet, sie hat aufgelegt. Ich schickte meinen Standort und sie schickte mir einen live-Standort. Umso näher sich ihr Punkt in meine Richtung bewegte, desto aufgeregter wurde ich. Ich beobachtete jede Bewegung, bis sich aus dem nichts ein fremder Mann zu mir setzte und versuchte meinen Hund zu streicheln. Wie ich so was hasse, denn Bugsi war offensichtlich verunsichert, da ihm das viel zu schnell ging.

„Please don´t touch him, he don´t like strangers!"

„But you are sitting here alone. I stay here with you."

„Hä nooo"

„Why not?"

„I´m waiting for my girlfriend."

Das hat wohl funktioniert, er stand auf und ging. Die Kellnerin kam und fragte, ob alles okay sei. Jetzt schon. Ich bestellte mir erst mal nur eine Cola, da ich mir sicher war, mein Alibi - girlfriend würde auch was essen wollen. Mein Blick ging zum Handy um zu gucken, wo sie sich gerade befindet. Sie war unmittelbar in meiner Nähe, schloss wahrscheinlich gerade ihr Fahrrad ab. Vor Freude stieg mein Puls. Mir persönlich gefällt das allein sein sehr, teilweise fällt es mir sogar schwer, viel Zeit unter Menschen zu verbringen. Sie ist jedoch so eine Person, die ich problemlos dauerhaft um mich herum haben könnte. Man fühlt sich aufgehoben und sicher in ihrer Gegenwart, das ist so viel Wert. Und das schreibe ich jetzt nicht nur, weil ich weiß, dass sie diese Zeilen irgendwann lesen wird hehe. An dieser Stelle: Herz an dich!

Wir strahlten über beide Ohren, als sie auf mich zu kam und wir uns zur Begrüßung drückten. Direkt begannen unsere tiefen Gespräche, wir lachten laut und haben viel gegessen, ein perfekter Nachmittag.

„Glaubst du mir, dass ich vor zwei Tagen ein Kompliment für mein `gutes Englisch` bekommen habe?"

„Ja, kann ich mir schon vorstellen:"

Dafür, dass ich zwei Tage gewartet habe, um dieses Geschehen zu berichten, war die Antwort ziemlich unspektakulär.

Die Sonne stand schon tief, als wir über den langen Strand, verursacht von der Ebbe, zum Wasser gingen. Das war der Moment, indem man die Schuhe auszieht, den Hund an die Schleppleine nimmt und barfuß durch den Sand rennt. Wir spielten zu dritt mit dem Ball in den Wellen, so lange, bis das Wasser begann auf uns zu zu kommen. Dann machten wir uns wieder auf den Weg zurück, trockneten unsere Füße ab und schlüpften wieder in unsere

Schuhe. Langsam war es Zeit sich zu verabschieden, denn es wurde immer dunkler. Schlimm sind auch diese Abschiede, bei denen man nicht weiß, wann man sich wieder sehen wird. Tapfer umarmten wir uns, sie fuhr den Radweg zurück und ich ging durch ein Tor zurück auf den Campingplatz. Was für ein toller Abend!

Der Campingplatz war voller lauter Kinder, überall lief laute Musik, alles schien außer Kontrolle zu laufen. Was habe ich mir hiermit nur angetan. Kurz bevor ich meinen Camper erreichte, kam das MakeUp-Artist-girl wieder auf mich zugelaufen.

„Hey are you from Germany??"

„Yes."

„Okay, Bye."

Und schon war sie wieder weg. Ein wenig durcheinander öffnete ich den Van und gab Bugsi erst mal sein Futter. Obwohl hier so viel los war und es ziemlich laut war, war er äußerst ruhig und unberührt von der Gesamtsituation. Wahrscheinlich war er einfach bloß ziemlich müde vom ganzen Toben.

Ich legte mich rein und plante schon einmal meine Route für den kommenden Tag, damit ich hier morgens so schnell wie möglich weg kann. Ich wollte es bis nach Belgien schaffen, dort ans Meer. Suchte mir online einen ruhigen Fleck aus, speicherte mir den ab. Als es Punkt 22:00 Uhr war, wurde es plötzlich ganz still. Nachtruhe wurde hier anscheinend ernst genommen. Ich laß noch ein wenig in meinem Buch, bis mich die Müdigkeit einholte und mich einschlafen ließ.

-17-

Am frühen Morgen begann schon das Gepolter und die Unruhe der anderen Camper. Ich wusste mir bleibt nicht allzu viel Zeit um zu duschen, also machte ich mich direkt auf den Weg zu den Häuschen. Viele Frauen und Mädchen waren bereits wach und machten sich schön. Ich ergatterte schnell eine freie Zelle in der ich entspannt duschen und mich fertig machen konnte. Zurück am Van machte ich Bugsi fertig für seinen Spaziergang. Unterwegs holte ich mir noch ein Fischbrötchen, welches ich direkt am Meer genießen durfte. Nach ca. einer halben Stunde waren wir wieder zurück und ich machte den Camper abfahrbereit. Es war mittlerweile gerade mal neun Uhr morgens. Heute dürfte die Fahrtzeit ein wenig länger sein, deswegen macht es schon alles Sinn, früher loszufahren, und selbst wenn nicht, auch egal. Ich fuhr aus der Schranke raus, hinein in den wilden Straßenverkehr. Auf den mehrspurigen Straßen der Innenstadt überholte mich ein Polizeiauto. Der Beifahrer zeigte mir per Handzeichen ich solle dem Wagen auf den Parkplatz einer Tankstelle folgen. Praktisch, dachte ich mir, tanken sollte ich auch mal wieder. Erst kurz bevor ich zum Stillstand kam, merke ich, dass Bugsi wohl die ganze Zeit sein Köpfchen aus dem Fenster hielt. Ob was wohl der Grund ist, warum die mich raus gewunken haben? Ich werde es gleich herausfinden. Ein Polizist kam an mein Fenster.

„Hey good morning. How is your dog secured in the car?"

„Hii, he is on ......" Ja Mist, was heißt denn Sicherheitsgurt auf Englisch? Ich zog meinen Gurt etwas symbolisch nach vorne, doch er verstand nicht, was ich ihm damit symbolisieren wollte.

„I can show you."

Ich stieg aus, öffnete die Schiebetür und zeigte dem Polizisten den Anschnallgurt extra für das Hundegeschirr.

„I swear he is safe." Fügte ich noch hinzu. Der Polizist lachte.

„He is a cute one, can I pet him?" Ich nickte. Er hat mich doch locker bloß angehalten, weil er den Hund streicheln wollte. Als er schon zum Auto ging, fragte er mich noch eine Sache:

„You don´t have any environmental badge on your car, but he has a green one, right?"

„Yes of course."

„Okay, have a nice day. Bye."

Mir war in dem Moment gar nicht richtig bewusst gewesen, was er von mir hören wollte, irgendwann begriff ich, dass ich an meinem Auto keine Umweltplakette habe und den Haag eine Umweltzone ist. Natürlich hat mein alter Diesel keine grüne Umweltplakette, deswegen hab ich damals beschlossen, gar nicht erst irgendwas rauf zu kleben, weil das ja umso mehr auffällt, wenn ich irgendwo mit roter Plakette rum fahre. Ich tankte voll und machte mich auf die Socken. Die kommenden Tage vergingen sehr entspannt und ruhig. Ich war ausschließlich in Belgien unterwegs, machte jeden Tag einen kleinen step auf der Landkarte in Richtung Westen und genoss einfach dieses frei sein. Keine nervigen Menschen oder Chef um mich rum, keine Termine oder Verpflichtungen. Einfach bloß entspannt in der Natur den Tag genießen, aufregende und fremde Personen begegnen und sich lediglich um einen selbst kümmern. Außerdem mag ich fremde Menschen lieber als bekannte. Die fremden die man kennenlernt, wo man weiß man sieht die in einer Stunde nie wieder, zu denen wird die Bindung am meisten gefestigt. Du kannst in deren Nähe nicht verkacken, und selbst wenn, bist du höchstens eine von vielen Erzählungen in deren Freundeskreis. Es wird jedoch nie irgendwelche Art von Auswirkungen auf dich haben. Ich liebs. Bei jeder Begegnung war ich wer anders. Ich traf super viele Leute und gleichgesinnte. Viele die allein unterwegs waren oder spontan der Arbeitswelt entkommen mussten. Lustige Dinge sind passiert. Eines Abends fuhr ich einem Stellplatz an, der online den Hinweis „dogging" mit sich trug. Ich habe mir nichts dabei gedacht, bzw. eher gedacht, dass es was mit Hunden zu tun hat. Am Platz angekommen war alles normal, die Leute freundlich und die Umgebung schön. Doch als der Abend heran brach und ich in den letzten Sonnenstrahlen mein Buch weiterlas, bemerkte ich, dass sich alle Leute auf den Platz komplett nackig auszogen. Kurz perplex versuchte ich meine Blicke dorthin abzuwenden, hörte dabei einen Mann telefonieren, welcher das Wort „dogging" öfter wiederholte. Ich nahm mein Handy und gab es bei der Google Suche ein.

-Dogging ist eine Sexualpraktika und eine Spielart des Exhibitionismus, bei der sich Menschen zum Sex an öffentlichen Plätze, etwa im Wald oder auf Parkplätzen treffen.-

„Na ganz toll" murmelte ich vor mich hin. Der Stellplatz war ein einziger lang gezogener Parkplatz. Ich startete meinen Motor und fuhr bis ans hinterste Ende. Versteht mich nicht falsch, jeder kann natürlich machen, was er will, alles kein Problem, jedoch wollte ich mir das Spektakel nicht anhören müssen. Zumal war es auch meine eigene Schuld, ich hätte den Begriff schon eher googlen sollen oder mich über den Hinweis informieren können. Von den Leuten war auch keiner übergriffig oder penetrant mir gegenüber. Wir verfolgten lediglich unterschiedliche Interessen auf solchen Ausflügen, was vollkommen in Ordnung ist.

Ich zog meine Vorhänge zu und machte vorsichtshalber das Radio ein wenig an und widmete mich weiter meinem Buch. Kaum zu glauben, aber die Nacht war ruhig und ich konnte gut schlafen.

Danach fuhr ich immer weiter die Küste entlang. Irgendwann wusste ich auch gar nicht mehr, in welchem Land ich mich überhaupt befand. Egal wo ich an kam, mich interessierte lediglich die Landschaft und einige Leute, die mir über den Weg stolperten.

Es dauerte nicht lang bis ich realisierte, dass ich Frankreich so schnell wie möglich hinter mich bringen wollte. Das Land reizte mich irgendwie überhaupt nicht und ich hörte auch viele Geschichten, dass Wohnmobile und Camper oft ausgeraubt und überfallen werden. Überall wo ich anhielt wurde ich darauf aufmerksam gemacht. An manchen Orten hingen sogar Schilder. Ein Glück hatte ich einen gefährlichen Kuschelhund dabei. Wer weiß wie viele Verbrecher seine verspielte Art von mir fern gehalten hat. Also plante ich den einen Tag eine Route quer durchs Land, um spätestens übermorgen schon in Spanien anzukommen. Einfach Spanien.. Doch was an dem Tag alles ab ging, hätte ich mir niemals ausmalen können.

-18-

Für mich startete der Tag so toll, wie jeder andere auch. Meine Laune war generell positiv gestimmt und alles schien so unglaublich schön. Ich bereitete wie immer alles für die Fahrt vor, legte mir ein paar snacks auf den Beifahrersitz und fuhr los ins Weite. Mein Navi sagte mir, wo es lang geht, ich machte mir überhaupt keinen Kopf darüber, wo ich mich aktuell überhaupt auf der Landkarte befinde oder was alles so in der Nähe wäre. Ich fuhr sorglos auf der Autobahn, betrachtete dabei die Landschaft. Nach einer Weile endeten die schönen Felder, da wohl eine größere Stadt vor uns lag. Viele Ab- und Auffahrten folgten, die den Verkehr teilweise etwas ausbremsten. Die Autobahn hatte vier Spuren und ich beschloss mich auf die zweite von links einzuordnen, um den dazu kommenden Fahrzeugen genug Platz zu machen. Der Verkehr wurde immer dichter. Die Spur ganz rechts würde in 1,5 Kilometern abgehen und ich die Stadt führen. Ein paar Fahrzeuge vor mir musste wohl einer bremsen, weshalb die Autos hinter ihm logischerweise auch abbremsen mussten. Wir waren gerade der langsamste Streifen. Ich musste vom 5ten in den 4ten Gang runter schalten, und dabei passierte es.. Das Schlimmste was mir fast hätte passieren können. Plötzlich ließ sich kein Gang mehr einlegen und mein Schaltknüppel fühlte sich an, wie ein Stöckchen im Wackelpudding. Ich dachte erst ich habe mir das nur eingebildet oder die Kupplung nicht richtig getreten. Ich trat nochmal auf die Kupplung und versuchte in einen Gang zu kommen. Es tat sich nichts. Mir war bewusst, dass ich jetzt schnell handeln muss, immerhin war ich mitten auf der Autobahn. Ich betätigte den Blinker nach rechts. Ich versuchte mit aller Gewalt auf die Spur neben mir zu gelangen, doch mich ließ keiner durch, da die Autos auf der Bahn deutlich schneller fuhren und der Verkehr echt dicht war. Der erste hinter mir hat schon gehupt. Ich betätigte die Warnblinkanlage. Der Wagen wurde immer langsamer und ich konnte absolut nichts an der Situation ändern. Ich würde es, selbst wenn keine Fahrzeuge mehr auf der Straße wären, es nicht mehr auf den Standstreifen schaffen. Oskar war kurz vor dem Stillstand und ich wusste ich bin am Arsch. Auf einmal hörte ich quietschende Reifen hinter, jemand musste anscheinend ziemlich stark abbremsen. Wegen mir. Mein Herz schlug immer fester. Mir war direkt klar, dass ich eine erhebliche Gefahr darstelle. Ich sah im Seitenspiegel wie einige spontan der von mir verursachten Schlange ausweichen mussten. Es führte kein Weg dran vorbei, ich musste jetzt sofort die Polizei rufen. Ich griff mein Handy und wählte die 112. Hinter mir wieder quietschende Reifen. Ich hoffte so sehr, dass durch mich nicht noch ein Unfall entsteht..

Eine Frau ging direkt nach dem ersten tuten ans Telefon, ich verstand aber leider kein Wort von dem, was sie gesagt hat.

„Hii I have a problem I am on the highway and my car don´t work I am in the middle of the street"

Ohne Punkt und Komma hab ich in meinen Hörer hineingerufen. Ich machte schnell auf Lautsprecher und guckte mir meine Navigation auf Google Maps an.

„Okay which highway?"

„A16 near Amiens"

„Do you see a small sign with three numbers?"

Wenigstens hatte ich so viel Glück, dass ich so ein Schild sehen konnte.

„Yeah. Three Six Point Eight"

Es war kurze Stille, die mich etwas nervös machte. Vor mir tat sich was. Ich blickte hoch. Die digitalen Tafeln über der Autobahn änderten sich.

„Where is your car?"

„On the second street."

Mir war so bewusst, dass bloß Müll aus meinem Mund kommt, wenn ich im Notfall englisch sprechen müsste, die Gute hat mich trotzdem verstanden. Ich schaute auf die Tafeln. Über der linken Spur und über meiner leuchtete eine dickes, rotes X auf. Es dauerte lediglich Sekunden, bis alle Autofahrer das merkten und sich ausschließlich in den rechten beiden Spuren einordneten. „Help is on the way to you."

„Thank you so much!"

Ein Wagen hielt direkt vor mir. Ein junger Mann stieg aus und eilte zu mir.

„Hey is everything okay?"

„Yeah, my car just don´t wont to move.“

„Do you have Gas?“

Man mit dem Satz traf er mich mitten ins Herz, getriggert vom letzten Mal als ich liegen geblieben bin. Mir schossen dadurch seltsame Gedanken durch den Kopf. Was, wenn ich was Falsches getankt habe? Quatsch, ich glaub dann wären andere Symptome aufgetreten.

„Yes, he is full. It´s something with the transmission.“

„Oh shit, that sounds expensive.. Can I help you maybe?“

„No I think not haha. Help is on the way.“

„Okay. Oh I can see him. Good luck!“

Er ging zum Auto und fuhr weiter. Ich fand es so lieb, dass er extra angehalten hatte. Nun blickte ich in den Spiegel, um zu sehen, was für help er kommen sah. Ein gelber Pick Up mit orangenem Blinklicht kam auf mich zu. Er stellte sich quer hinter mich, stieg aus und kam zu mir. Ich stieg ebenfalls aus. Er reichte mir die Hand und sagte „Hey, my name ist Dave.“ als ob wir uns gerade in einem Café kennen lernen würden, und nicht auf einer halb abgesperrten Autobahn.

„Hi, I´m Tati."

„Is everything okay with you?"

„Yes, I´m fine, thanks. How are you?"

Er lachte. „Also fine. Where is the Problem?"

„I can show you because I don´t know how to say it."

Ich öffnete die Fahrertür und zeigte ihm meinen Schaltknüppel und wie locker der sich in alle Richtungen bewegen lassen konnte.

„Oh, okay. Help will be here in 5 minutes. Can we push your Car together to the left side?"

„Yes."

Er ging hinter das Auto und ich löste die Handbremse. Wir schoben wie die Verrückten und bewegten uns nur in Zeitlupe vorwärts. Ich lenkte gleichzeitig noch so nah wie möglich an die Leitplanke heran.

„UGH how much does he weigh?!"

„Nearly two tons."

„GOD DAMN IT"

Ich konnte mir ein Lachen nicht verkneifen. Unsere Köpfe waren komplett rot als wir endlich diese 5 Meter hinter uns gebracht hatten. Wir standen erst mal kurz nebeneinander, beide die Arme auf den Knien abgestützt und holten wieder Luft.

„Be careful. I open the road." Keuchte er mir zu.

Er fing an auf seinem Handy rumzutippen. Ich wusste gar nicht was er meinte, bis ich sah, dass das X der zweiten Spur verschwand und eine 70 angezeigt wurde. Nun waren wieder drei Spuren frei und der Verkehr wurde flüssiger. Ich öffnete noch mal die Fahrertür und lehnte mich durch zu Bugsi. Er schien die Situation bemerkt zu haben, machte aber keinen gestressten Eindruck. Es dauerte keine Minute bis der Abschlepper da war. Noch so ein lustiger Typ der mir freudestrahlend seine Hand reichte. Er sah meinen Camper an und sagte „I think he is to long but anyways, just do it." Er fuhr seine Rampe runter, montierte den Seilzug vorne am Auto und ließ meinen Wagen aufziehen, man kennt es ja bereits. Nur mit dem Unterschied, dass es hier deutlich schneller ging und er meine Radkappen dran ließ. Der Camper war aufgeladen. Ich machte mir keine Gedanken um den Hund und stieg in den Abschlepper ein, da ich wusste, dass wir keine 5 Minuten fahren werden. Der Fahrer hatte mir nämlich vorher erklärt, dass er mich bloß zum nächsten, sichern Parkplatz bringen wird. Gar kein Problem. Während der Fahrt führten wir einen angenehmen smalltalk, dass es schon fast schade war, dass die Fahrt so kurz war. Er fuhr einen McDonalds Parkplatz an und fuhr in die letzte Ecke, wo am meisten Platz ist, damit er den Van sorglos abladen kann.

-19-

Nachdem er mir good luck gewünscht hat, machte er sich auf seinen Weg zurück. Ich brauchte jetzt erst einmal ein wenig Nervennahrung und ging rein zu McDonalds, holte mir ein paar Pommes, welche ich dann im Auto aß. Währenddessen googelte ich die Symptome des Campers und versuchte herauszufinden, was dem Guten denn fehlt. Es schien ein bekanntes und häufig vorkommendes Problem bei einem T4 zu sein. Nachdem ich mir einige Bilder anschaute, kroch ich unter den Camper um den Fehler vielleicht selbst herauszufinden. Ich brauchte auch gar nicht lange suchen, da fiel mir schon eine lose Stange auf, die vom Schalthebel zum Getriebe führen sollte. Man konnte auch gut erkennen, wo diese Stange eigentlich hingehören sollte und auch, dass wohl ein Teil fehlte, was die beiden wohl zusammensetzt. Ich machte Fotos und Videos, von der Stange, vom Anschluss, vom wackelnden Schaltknüppel, alles, was relevant sein könnte. Nun kroch ich wieder hervor, war kurz glücklich darüber, dass mein Auto so hoch ist, dass man einfach drunter passt. Ich setzte mich wieder rein und googelte nach Werkstätten in meiner Umgebung. Alle waren so um die zwei Kilometer von uns entfernt. Bugsi bekam sein Halsband angezogen und wir machten uns auf den Weg. Vielleicht habe ich Glück und eine Werkstatt hier in der Nähe könnte sich dem Problem annehmen. Laut Internet ist das schnell zu reparieren und ohne großen Aufwand verbunden. Mir graute es dennoch von den Antworten der Werkstätten. Die erste, die ich erreichte und fragte, sagte direkt ab, da die die Zeit nicht haben, die andere meinte, die könnten mir erst helfen, wenn der Wagen, bei denen auf dem Hof steht und die dritte sagte, dass man die Teile dafür hier nicht ran bekommen würde. Ich machte mich wieder auf den Weg zurück zum Camper, da Bugsi und ich jetzt schon fast zwei Stunden unterwegs waren und nun langsam eine Pause brauchten. Am Van angekommen, wurde mir bewusst, dass es schon relativ spät war, ich wenig Lust hatte mich weiter mit dem Problem auseinander zu setzten und ich jetzt einfach nur noch Ruhe brauchte. Das Wichtigste war einfach, dass durch mich kein Unfall entstand und wir nun an einen sicheren Ort stehen. Einem McDonalds Parkplatz. Ich ging ein

weiteres mal ins Restaurant rein und bestellte
mir was zu Essen. Ich aß gemeinsam mit Bugs
im gestrandeten Camper und klappte danach
den Schlafplatz aus. Ein wenig mulmig war mir
schon bei dieser ganzen Situation, ändern
konnte ich es gerade aber auch nicht. Ich war
lange nicht mehr so kaputt wie heute und
schlief verdammt schnell ein.

Am nächsten Morgen war mein erster Gedanke
den ADAC anzurufen, vielleicht könnten die
mir weiter helfen, da man als premium
Mitglied auch einige Leistungen im Ausland
bekommt. Ich kramte meine Mitgliedskarte
hervor und wollte mir meinen Fahrzeugschein
schon mal bereitlegen, da ich mittlerweile weiß,
da die einige Daten aus dem Schein abfragen
werden. Den Schein hatte ich mir in meinen
Pulli gesteckt als ich zu den Werkstätten
losgegangen bin, falls irgendwer irgendwelche
Daten bräuchte. Entsetzt stellte ich fest, dass er
nicht mehr da war. Ich schaute mich panisch
um, ob ich den nicht schon raus gekramt hatte,
doch der war nirgends. Mir wurde bewusst, ich
muss den irgendwo gestern auf dem Weg
verloren haben, als wir auf Werkstattsuche
waren. Ich schnappte Bugis, schloss das Auto

ab und rannte los. Ich hatte keine Ahnung, wo er hätte sein können, da ich den nicht einmal raus geholt hatte. Wir liefen genau den gleichen Weg entlang, wie wir zurückgekommen sind. Wir mussten eine stark befahrene Straße überqueren, welche insgesamt drei Verkehrsinseln für Fußgänger hatte. Man wartete gefühlt eine halbe Ewigkeit, bis die Ampel für uns grün aufleuchtete. Auf der ersten Verkehrsinsel mussten wir wieder warten. Plötzlich erblickte ich den Fahrzeugschein. Er flatterte zwischen den ganzen Autos kurz hinter der zweiten Verkehrsinsel entlang. Zu meinem Glück ist diese Straße hier zwar stark befahren, jedoch fahren alle langsam, da der Verkehr so stockt und der Fahrzeugschein keinem staken Verkehrswind ausgesetzt war. Nervös wartete ich bis unser Lämpchen grün aufleuchtete und lief sofort rüber. Ein Glück stockte der Verkehr aktuell und ich konnte mir mitten auf der Straße den Fahrzeugschein schnappen, ohne jeglichen Verkehr einzuschränken. Immerhin hatte ich in den letzten 24 Stunden schon genügend Autos behindert. Erleichtert kehrten wir zum Camper zurück und ruhten uns erst einmal ein wenig aus. Ich konnte kaum glauben, dass ich nach einer Nacht meinen Fahrzeugschein unbeschadet auf der Straße finden konnte.

Noch mehr verblüfft hat es mich, als ich danach den ADAC anrief und sich GENAU DER GLEICHE Typ wie damals am Telefon meldete. Die Stimme des Rajesh Koothrappali gab mir ein wenig Hoffnung in dieser beklemmenden Situation. Er hörte sich mein Dilemma an und meinte, er schickt mir jemanden, der mir weiterhelfen kann, ca. zwei Stunden Wartezeit. Das rief doch buchstäblich nach einem Nap. Ich schloss die Türen und die Vorhänge und döste ein wenig vor mich hin. Nach einiger Zeit bekam ich aber wieder Hunger. Ich war so dankbar, dass man mich bei einem fast food Restaurant abgesetzt hatte. Schnell holte ich mir noch einen kleinen Snack. Als ich wieder zum Auto ging, sah ich ein gelbes Auto neben meinem Stehen, welches schon den Kofferraum und Schiebetüren geöffnet hatte. Vom Inhalt her, sah es aus wie eine Werkstatt, quasi eine Werkstatt to go.

„Hey, I am so thankfull that you are here."

Ich sah lediglich ein Fragezeichen in seinem Gesicht. Selten, dass ich Menschen treffe, die schlechter englisch sprechen, als ich.

„Wat Problem?"

Ich machte ihm per Handzeichen klar, dass er mir folgen soll und zeigte ihm an der Fahrerseite wie mein Schaltknüppel sich hin und her wackeln lässt. Dann zeigte ich ihm die Bilder, die ich unter dem Fahrzeug von der losen Stange gemacht habe.

„Ah okay."

Er bereitete sein Equipment vor, legte was Kissen-artiges unter mein Auto und stellte sich einiges an Werkzeug daneben. Dann pumpte er mit seinem im Auto verbauten Kompressor das Kissen auf, sodass Oskar sich auf der einen Seite anhob. Quasi wie beim Wagenheber. Der Mann kroch drunter. Ich versuchte zu erhören war er dort macht, doch keine Chance. Lediglich das Knipsen eines Fotos auf dem Handy hörte ich. Er kam wieder hervor und zeigte mir das Bild auf seinem Smartphone. Noch dazu wollte er mir etwas sagen, doch er wusste nicht wie, bis er irgendwann auf die großartige Idee kam, es bei Google Übersetzer einzutippen und dann per Sprachausgabe auf Deutsch abspielen zu lassen.

„Es ist vorerst fest, aber man weiß nicht wie lange. Nur ein Kabelbinder. Kann jederzeit reißen." Sagte mir die Computerstimme.

Dann blicke er wieder auf sein Handy und tippte erneut.

„Schnell zu einer Werkstatt. Aber Ersatzteile gibt Problem."

„Oh, okay."

Er reichte mir seine Hand zum Abschied. Ich bedankte mich noch einmal aufrichtig und schon war mein Retter der Not verschwunden.

-20-

Ein ungutes Bauchgefühl überkam mich. Ich machte mich auf den Weg zu der Werkstatt, die gestern noch meinte, die würden mir weiterhelfen, wenn der Wagen bei denen stehen würde. Ich erzählte denen, dass es aktuell ausschließlich mit Kabelbindern fixiert wurde und man nicht weiß, wie lange es hält.

„Open google maps on your phone."

Das tat ich und er forderte mein Handy ein und tippte irgendwas.

„Drive to this place, they will give you parts, come back and we will change:"

Gesagt getan. Ich fuhr zu diesem Ort. Ein riesiger Schrottplatz. Doch weit und breit keine Menschenseele, obwohl die Tür und der Aufenthaltsbereich komplett geöffnet waren. Ich wartete um die 45 Minuten, bis dann endlich eine junge Dame kam. Leider konnte sie mir nicht helfen, da dieses besagte Teil nicht in ihrem Sortiment existiert, auch nicht gebraucht. Es stand nicht einmal ein anderer T4 auf dem Hof, bei dem man hätte gucken können. Meine allgemeine Motivation ist dadurch den Bach runter gegangen und ich wollte mir jetzt erst mal wieder eine Pause aus dieser Situation gönnen. Ich guckte, wo der nächste Stellplatz ist. 6,5 Kilometer. Das sollte doch machbar sein. Trotz der kurzen Strecke hatte ich ein sehr ungutes Gefühl, da ich nämlich kurz auf eine Autobahn musste. Aber man kann ja wohl nicht zwei Mal hintereinander liegen bleiben, dachte ich mir. Ich fuhr los und schaltete wirklich so wenig wie nur möglich, versuchte so viele Gangwechsel zu vermeiden und fuhr super vorsichtig.

Die Autobahn rauf gekommen dachte ich, ich hätte das schlimmste jetzt hinter mir, bis ich einen riesigen Tunnel entdeckte, der quasi in die Erde geht und dort verschwindet. Das kann es doch nicht sein, wenn mir dieser Kabelbinder jetzt reißt, bleibe ich einfach in einem Tunnel liegen, der unter einem Fluss lang geht, welcher fast so breit ist, wie das Steinhuder Meer. Okay eigentlich ist es nicht weniger schlimm, als auf einer gewöhnlichen Straße liegen zu bleiben, just go for it. Als der Tunnel endete und es dann wieder Berg auf ging, hatte ich das Schlimmste wohl geschafft.

Dann waren es nur noch 1,5 Kilometer, welche ich unbeschadet überstand. Ein älterer Mann war der Betreiber des Campingplatzes. Was noch viel besser war, er sprach deutsch. Der Platz war so gut wie leer und ich konnte mir meine Stelle selbst frei aussuchen. Ganze 6 € hat mich der Stellplatz gekostet, bei weitem der günstigste. WC´s und Dusche war inklusive. 10/10. Ganz verblüfft vom Preis parkte ich mein Mobil hinten auf der Wiese. Ich war vom Winkel nicht wirklich zufrieden und wollte noch mal rückwärts ansetzten. Als ich den Gang dazu rein haute, merkte ich im Schaltknüppel und auch vom Klang her, dass der Kabelbinder gerissen sein muss. Was für ein Müll schon wieder, aber wenigstens nicht im Tunnel.

Trotz allem wollte ich erst einmal abschalten. Ich ließ Bugsi raus, baute mir meinen Stuhl auf und schmiss den Campingkocher an. Irgendwas zu mampfen tut immer gut, dieses Mal waren es vegane Ravioli aus der Dose. Danach gingen wir eine Runde den Campingplatz und die neue Umgebung erkunden. Als ich dann endlich genug Abstand zum Problem hatte, konnte ich mich dem auch wieder annehmen. Ich kroch unter den T4 mit einem Kabelbinder im Mund und suchte das lose Gestänge. Das Bild, welches mir der Werkstatt-to-go-Typ gezeigt hatte, war zum Glück fest in meinem Kopf verankert. Als ob ich wüsste, was ich da tat, zog ich den Kabelbinder zu, kroch wieder hervor und prüfte meinen Erfolg beim Schaltknüppel. Alles wieder im Lot. Ich Profi. Doch wer weiß wie lange dieses Mal. Ich suchte im Internet erneut nach Werkstätten in meiner Umgebung, nach Möglichkeit welche, die ich noch nicht abgeklappert hatte und die relativ vernünftige Bewertungen hat. Eine klang besonders vielversprechend. Ich speicherte mir diese ab, da die schon geschlossen hatte und ich dann morgen früh direkt hinfahren kann.

Als ich dort so rumsaß und Bugsi beim zerfetzen einer Kaustange beobachtete, ließ ich die ganzen letzten Tage und Wochen noch einmal Revue passieren. Vor allem die letzten beiden Tage haben ziemlich reingehauen. Auch wenn ich sehr glimpflich aus der Situation rausgekommen bin, hat die Aktion mit dem Liegen bleiben auf einer Autobahn auf der zweiten Spur von viele Ängste in meinem Kopf hinterlassen. Ich schaute Oskar an und fragte mich, ob er wirklich das Richtige für mich ist. Er sieht super süß aus und bietet mir mehr als ich brauche, aber ist er mit seinen 32 Jahren nicht eher was für gemütliche Reisen zur Nordsee für ein Wochenende? Oder eher was für Leute, die sich damit mehr auskennen als ich, um in solchen Fällen die Reparatur selbst übernehmen zu können. Ich bin für gewöhnlich kein overthinker, doch in diesem Moment stellte ich tatsächlich die ganze Reise in Frage. Meine Route beträgt um die 15.000 Kilometer. Aktuell hatte ich gerade so 1.000 davon hinter mich gebracht. Auf so einem Trip gibt es viele Dinge, worüber man sich tagtäglich Gedanken machen muss, aber ob das Auto überhaupt die nächste Etappe schafft, sollte auf jeden Fall nicht dazu gehören.

Ich grübelte viel vor mich hin, bis ich beschloss mich einfach schlafen zu legen. Aktuell ist zu viel passiert, um noch klare Gedanken fassen zu können. Also machte ich mein Bettchen bereit, schloss die Schiebetür und kuschelte mich gemeinsam mit Bugsi in den Schlaf.

-21-

Den Schlaf, den ich offensichtlich mehr als nötig hatte. Bis kurz vor 11 schlief ich wie ein Stein. Der Bus hatte sich von der Morgensonne schon ziemlich aufgeheizt, also ließ ich direkt frische Luft ins Auto. Nach einer kurzen Runde mit Bugsi ging ich mich abduschen, um dann voller Hoffnung zu der ausgesuchten Werkstatt zu fahren. Es war Samstag und die Werkstatt nur bis 14:00 Uhr geöffnet. Mir war also bewusst, dass mir heute so oder so nicht mehr geholfen werden kann. Ich fuhr hin, und betrat das Büro der Werkstatt, welches direkt am Eingang war. Ein paar Jungs und Männer saßen dort entspannt rum und tranken eine Cola.

„Hii, äh does anyone here speak english? I have a problem with my car."

Wie das so ist, zwei grinsten, einer sagt „oh shit", andere gucken weg. Aber einer ist da immer der seine Crew anguckt, mit dem Kopf schüttelt und sagt: „Yeah, show me." Wir gingen raus zum Auto. Ich erklärte, was alles passiert ist, und zeigte die Bilder von meinem Handy. Er sagte, er hätte die Teile da, kann sich aber erst Montag drum kümmern. No problem, die Zeit werde ich hier noch rumkriegen. Wir verabredeten uns für Montag um 08:00 Uhr und ich fuhr wieder Richtung Camping Platz. Ich war so zufrieden hier, dass ich zwei weitere Nächte dort noch locker aushalten würde. Kurz bevor ich wieder auf den Platz fuhr, erinnerte ich mich an einige online Bewertungen. Dort stand z.B. dass der Betreiber sehr vergesslich ist und man unbedingt die Quittung nehmen sollte, um quasi jederzeit beweisen zu können, dass man tatsächlich hier bezahlt hat. Ich fuhr an Eingang ran und der ältere Herr war gerade wohl unterwegs. Naja ich kannte mich ja mittlerweile aus und wusste, auf welche Wiese ich bedenkenlos rauf kann. Als ich dort ankam, machte ich mich wieder breit indem ich Bugsi außen an der Schleppleine montierte und meinen Campingstuhl aufstellte. Ich überlegte wieder, ob das hier alles so richtig ist, wie und womit ich es machte, und dachte über die Werkstatt nach, ob sie mir tatsächlich helfen könnten und wie es dann weiter gehen wird.

Nach einiger Zeit des Grübelns machte ich mich auf einen Spaziergang, um den Mann zu suchen und die kommenden zwei Nächte zu bezahlen. Ich fand ihn ziemlich schnell und erklärte ihm mein Vorhaben.

„Wie bist du hier eigentlich rauf gekommen und wie hast du den Stellplatz gefunden?"

„Ich war gestern schon angereist, war heute Vormittag unterwegs und kam dann aber wieder."

„Hm okay, kann mich gar nicht an dich erinnern. Was habe ich dir gestern für die Nacht abkassiert?"

„6€."

„Mensch da war ich aber spendabel. Gib mir jetzt 12€ und du kannst bis Montag bleiben."

Ich gab ihm 15€.

„Das passt so, finds schön hier."

Er grinste und ging davon. Das Trinkgeld war absolut gerechtfertigt. Neben meinem Stellplatz ging ein kleiner Bach entlang, welcher in einen schmalen Fluss endete, welcher wiederum in einen See fließt. Ich war begeistert von dieser Kulisse. Einige Campingplatzbewohner angelten dort auch. Ich überlegte mir, was ich nun zwei Tage hier machen sollte. Immerhin kann und sollte ich nirgends hinfahren. Ich checkte Google Maps. Alle Imbisse und Restaurants waren mindestens 2,5 Kilometer entfernt. Ich packte dann doch wieder meinen Campingkocher aus. Für einen so langen Spaziergang zum Essen holen war es noch zu warm, also gab es eine Suppe aus der Dose für mich. Wir aßen gemeinsam vor Oskars Stellplatz und beobachteten die Leute und Fahrzeuge. Es gab schon echt coole und außergewöhnliche mobile Campingmöglichkeiten. Ein altes Pärchen übernachtete in einem Tiny-house auf Rädern. Einfach am Pick Up dran gehängt und auf geht's ins Abenteuer. Ein junger Typ hatte einen komplett Restaurierten T1, welcher aussah wie frisch vom Fließband von 1950. Ein Träumchen. Auch viele Rentner, welche mit vier riesigen Fahrzeugen mit vier Pärchen und vier kleinen Hunden den Luxus auf vier Rädern lebten. Elektrische Markisen, voll ausgestattete Küchen und Badezimmer sind hier Programm. Besser kann man das Leben nach +/- 40 Jahren Arbeit nicht verbringen. Ein Mann fiel mir jedoch noch öfter ins Auge. Er saß Oberkörperfrei an seinem Feuer, fuhr ein altes Auto und schlief in seinem Tipi. Vormittags machte er sich mit seiner Angel über der

Schulter geworfen auf dem Weg zum See, um sein Mittagessen zu fischen. Er spießte die Fische auf einen Stock und positionierte die über dem Feuer. Den ganzen restlichen Tag verbrachte er vor seinem Zelt und schnitzte irgendwelche Figürchen oder spiele Mundharmonika. Sehr sympathisch, den werde ich bei Gelegenheit auch noch anquatschen.

Als sich einige Wolken vor die Sonne geschoben hatten, schnappte ich mir mein Hündchen für den geplanten Spaziergang zum Essen holen. Ich genoss es sehr, an einem fremden Ort zu sein und die Gegen auf mich wirken zu lassen. Trotz der ganzen Strapazen der letzten Tage, fühlte ich mich immer noch besser und wohler als in meinem vorherigen Alltag mit Vollzeitjob und Verantwortung. Nur plagte mich dennoch die Ungewissheit, wie es nun weiter gehen soll und wann wohl das nächste Drama auf mich wartete. Ich ging zwar davon aus, dass die Werkstatt das aktuelle Problem beseitigen kann, jedoch fragte ich mich gleichzeitig, wann wohl das nächste Problem auftauchen wird, wo es mich dieses mal zum Anhalten zwingen wird und was dann noch die Folgen sein werden. Mich kann natürlich auch mit einem anderen Fahrzeug eine Panne treffen, doch wahrscheinlich wird es dann auch erstmal Ruhe geben. Im besten Fall. Man kann nie wissen was kommt und was nun die bessere Entscheidung sein wird. Leider weiß man das immer erst im Nachhinein. Trotz allem ließ mich der Gedanke nicht los und ich versuchte mir vorzustellen, mit was ich jetzt wohl unterwegs sein würde, wenn es nicht Oskar geworden wäre. Mir fiel nichts ein, meine Gedanken kreisten sich aber nur noch um andere Fahrzeuge. Haben andere Leute wohl ähnliche Probleme oder bin ich die Einzige? Mein Blick war permanent nach unten gerichtet und ich ging diesen Weg einfach so vor mich hin, bemerkte dabei gar nicht, dass ich schon längst an der Dönerbude vorbei war.

-22-

Wie aus meinem Film gerissen watschelte ich wieder in die entgegen gesetzter Richtung.

„Der Hin- und Rückweg ist lang genug, und ich mache ihn mir noch länger."

Ich übertrug den Gedanken auf meine Lage. Immerhin hätte ich es mir auch einfacher und sorgenfreier machen können. Mir was zuverlässiges anschaffen können und alles besser planen können. Schnell stellte ich aber fest, dass das jedoch einfach nicht das wäre, was ich wollte und was ich brauchte. Ich wollte Realität und Nervenkitzel, und das bekam ich auch. Irgendwas musste ja die Spannungskurve oben halten.

Am Dönerladen angekommen war es Zeit für eine große Pause. Bugsi und ich betraten den Laden, wurden aber direkt mit Handzeichen und für mich unverständlichen Worten wieder rausgeschickt.

„He is my assistance dog."

„Sorry no dogs inside. You can sit outside, I will bring you your food."

Ich habe die Nummer mit dem Assistenzhund tatsächlich das erste Mal versucht, habe aber immer gedacht, es würde besser funktionieren.

„Okay thank you. I just want a vegetarian Kebab and a Cola please."

Wir setzten uns an einen kleinen Tisch. Bugs legte sich direkt unter meinen Stuhl und legte den Kopf ab. Ich faltete noch seine Wasserschale auf und befüllte sie. Halbherzig und liegend nahm er ein paar Schlückchen und schloss danach seine Äuglein. Es dauerte nicht lange, bis er zu schnarchen anfing.

„Kein Wunder, dass du nicht als Assistenzhund durch gingst." Sagte ich leise zu ihm.

Das Essen war super. Ich bestellte mir noch eine große Pizza zum Mitnehmen, damit ich bis morgen Mittag was zum Kauen habe, da sich meine Vorräte im Van auch langsam dem Ende näherten.

Nachdem auch Bugsi neue Kräfte sammeln konnte, machten wir uns auf dem Weg zu unserem Stellplatz. Die Sonne stand schon tief, die Kulisse und die Allee, auf der wir entlang gingen, waren wunderschön. Ich genoss wie immer die fremde Gegend, dieses Mal jedoch mit diesem schlechten Bauchgefühl im Hintergrund, nicht zu wissen, wie es mit Oskar weiter gehen wird. Ich musste einfach erstmal abwarten. Eventuell finden die Mechaniker noch mehr, was meine Weiterfahrt einschränken könnte. Ohne weitere Vorkommnisse erreichten wir unseren Stellplatz. Ich merkte, dass etwas anders war. Normalerweise grinste ich Oskar schon von weinten an. Diesen süßen, alten Haufen Blech und Metall. Mittlerweile gab er mir jedoch einen bitteren Beigeschmack, jedes Mal, wenn ich mich ans Steuer setzte oder nur darüber nachdachte. Mittlerweile sah ich das alles in einem anderen Licht. Ich wusste jedoch nicht, ob das meine generelle Ansicht ist, oder ob ich das alles nur aufgrund der letzten Geschehnisse so sehe. Um einen klaren Kopf zu gewinnen, versuchte ich mich etwas abzulenken und las weiter in meinem Buch, bis die Dunkelheit draußen meine Müdigkeit förderte und ich schon bald eingeschlafen war.

Der nächste Morgen fühlte sich wiederum genau so schön an, wie die bisher vergangenen. Jedoch war es das erste Mal, dass ich die Gardienen zur Seite schob und es regnete. Kein schöner Sonnenaufgang oder keine warmen Sonnenstrahlen, die mich diesen Morgen begrüßten. Am kleinen Waschbecken putzte ich mir meine Zähne und checkte dabei die Wolkenlage aus, wie viele dunkle da noch kommen und wo der Himmel schon wieder heller wird. Langsam ließ der Regen nach, es nieselte jedoch noch. Ich sprang aus dem Camper und rannte zu den WC´s um nicht allzu nass zu werden. Obwohl man ja eigentlich sagt, wenn man im Regen langsam geht, wird man weniger nass, kam mir rennen um einiges sinnvoller vor.

Den halben Tag verbrachte ich mit Lesen und im Internet nach möglichen alternativen Campern stöbern. Auch wenn ich mir nicht sicher war, wie es weiter gehen sollte, wollte ich den Markt auschecken um mir einen Überblick verschaffen, ob nicht doch was anderes besser zu mir passen würde. Ich dachte immer groß und wollte so viele Funktionen im Van wie nur möglich haben. Jetzt weiß ich jedoch, dass ich diesen ganzen Kram überhaupt nicht brauche und bisher noch nicht ein Mal genutzt hatte wie zum Beispiel meinen kleinen Bildschirm mit DVD-Funktion. Ich hatte mir extra alle Staffeln pretty little liars mitgenommen, um mir abends oder bei schlechtem Wetter die Zeit zu vertreiben. Jedoch habe ich 0,0 Interesse an diesem digitalen Zeug, wenn ich unterwegs war. Lediglich mein Handy habe ich zwischendurch als Navi genutzt oder um meine Mama anzurufen, dass ich noch lebe. Und ganz wichtig für die Flammen bei Snapchat. Ich stellte fest, dass ich nun mehr Wert auf ein zuverlässiges Fahrzeug legen würde, als auf überflüssige Funktionen.

Das Wetter wurde klarer und die Wiese vor uns schien schon fast ganz trocken zu sein. Bugsi hatte die meiste Zeit geschlafen, wahrscheinlich war er kaputt vom langen Spaziergang gestern. Nun ging es endlich raus. Ein bisschen Bewegung und Natur schadet nie, um einen klaren Kopf zu bekommen. Erst drehten wir eine kurze Runde, dann spielten wir auf der riesigen Wiese. Es dauerte nicht lange, bis wir beide wieder müde wurden, uns in den Camper legten, ich sein Essen fertig machte und mir meine Pizza von gestern bereitlegte. Alles in einem ist das genau das, was ich mir vorgestellt hatte. Spiel, Spaß,

Natur und Freiheit. Doch leider verfolgte mich dieser bittere Beigeschmack, wenn ich nur drüber nachdachte, den Motor zu starten und diese riesige Möhre wieder Richtung Straße zu bringen. Ich nahm mir vor, diese Gedanken nun bei Seite zu schieben und erst Mal den Termin morgen abzuwarten, danach werde ich die Situation eventuell mit anderen Augen sehen. Ich blickte aus dem Fenster und sah den Mann aus dem Tipi, welcher gerade erfolglos von seinem Angelausflug kam. Meine Chance, dachte ich mir, zog meine Schuhe wieder an, schnappte mir den Karton mit Pizza und sprang aus dem Camper.

-23-

„Hey, do you speak english?"

„Just a little bit."

„Okay. Do you want some Pizza? Maybe today is not a fish-day."

Er grinste, nickte und nahm sich ein Stückchen aus dem Karton, welchen ich ihn bereits geöffnet vor die Nase hielt.

„Sit down." Und zeigte mit seinem Finger auf einen Baumstumpf, welchen er schon vorher ans Feuer gestellt haben muss. Ich fragte mich, ob er Besuch erwartet hatte, oder ob er sich den erhofft hatte. Naja here I am, und nahm mir ebenfalls ein Stück Pizza aus dem Karton. Wir unterhielten uns mit unserem gebrochenen englisch wie zwei Dullis, lachten uns gegenseitig aus, wenn wir uns mit Zeichensprache weiterhelfen mussten und aßen so gemeinsam den ganzen Rest der Pizza auf.

Er erzählte, dass er sein ganzes Leben allein ist, aber nie wirklich allein war. Er lebt in einer einsamen Hütte im Wald, ist im Sommer größtenteils Selbstversorger und wenn er unter Menschen will, dann macht er Ausflüge wie diesen. Hier ist es zwar ebenfalls menschenleer, für ihn jedoch deutlich mehr los als sonst. Er bereut nichts, lebt sein bestes Leben und was verändern möchte er auch nicht. Diese Welt hat sich in den letzten Jahren so verändert, er möchte allerdings kein Teil dieser Veränderung sein. Ich habe es komplett gefühlt und konnte einiges in mir wieder spiegeln. Mir fällt erzwungene Gesellschaft oft auch schwer, fühle mich dann deutlich besser, niemanden um mich rum zu haben. Natürlich nicht immer, aber meistens schon. Ich sagte ihm, dass ein Hund gut zu ihm passen würde. Er lächelte und erzählte, dass er einen treuen Begleiter hatte, dieser aber leider vor ein paar Jahren aus Altersschwäche gestorben war. Er überlegt oft, erneut einen zu adoptieren, jedoch ist dieses Loch, welches hinterlassen wird, so tief und schmerzhaft, dass er Angst hat. Ich verstehe diese Angst.

Dann fragte er nach meinem Hund, warum ich ihn im Van gelassen habe und ob er nicht auch rauskommen möchte. Er begleitete mich zum Camper, da er sich Oskar mal ansehen wollte. Sein Blick war sichtlich begeistert von diesem alten Haufen. Irgendwie passte er auch richtig gut zu ihm. Ein altes Auto und ein alter Mann, welche gemeinsam kleine Campingplätze abklappern, nicht allzu weit kommen wollen wie ich und einfach dort ankommen, wo der Tag sie so hinbringt. Dieser Anblick der beiden brachte mich wieder zu grübeln.

Ich öffnete die Schiebetür. Bugsi schien nach seiner Mahlzeit ausgeschlafen und fit und er kam raus aus dem Bus. Ich konnte mir das Lachen nicht verkneifen, als der Mann dann einfach in dem Camper platzt nahm, um ihn weiter von Innen zu inspizieren. Ich dachte ehrlich, es ging ihm nur um den Hund, aber anscheinend wollte er Oskar unter die Lupe nehmen. Am liebsten hätte ich ihm den geschenkt, sag ich euch so wie es ist. Nach 20 Minuten und 15 Fragen kam er dann doch raus, klopfte zwei Mal auf die Motorhaube und sagte:

„thats a good boy".

Wenn er bloß wüsste, was der good boy für ein Päckchen mit sich trägt...

Nach seiner Inspektion hatte er sich dann mal Bugsi gewidmet. Sein Umgang mit ihm war sehr toll und mein Gefühl sagte mir, er wird die nächste Zeit grübeln, ob ein Hund nicht doch noch in Frage kommt. Wir pflanzten uns wieder vor sein Tipi ans Feuer, Bugsi legte sich zwischen uns. Er stellte eine selbst gebaute Konstruktion über die Flamme, welche einen Wasserkessel trug und machte uns einen richtig leckeren Tee aus selbst gesammelten Kräutern aus der Umgebung. Obwohl sich meine Gedanken vorher bloß im Kreis drehten, war das einer der schönsten Abende für mich. Wir unterhielten uns am Lagerfeuer bis die Sonne anfing langsam unterzugehen. Ich bedankte mich für die schönen Stunden und verabschiedete mich langsam. Immerhin muss ich morgen früh in die Werkstatt um mir dann wieder Gedanken machen, wie ich weiter machen will. Jetzt schon kein Bock. Nach einer kurzen Gassi-Runde machte ich mich bettfertig und kuschelte mich in meine T1-Bettwäsche, las noch ein wenig im Buch weiter und versuchte dann zu schlafen.

-24-

Es war das erste Mal, dass ich nicht gut geschlafen habe. Ich war müde und wäre am liebsten einfach im Bett geblieben, den ganzen Tag, aber was muss das muss. Ich schnappte meinen Kulturbeutel und ging im Schlafanzug zu den Duschen, vorbei am Tipi und an anderen Campingmobilen. Nach einer heißen Dusche und frischen Klamotten ging es mir schon etwas besser. Ich ließ Bugsi nur kurz raus, damit er sich lösen konnte, da wir ja gleich genug draußen unterwegs sein werden, während der Van in der Werkstatt sein wird. Wir machten uns auf den Weg und irgendwie stieg auch meine Aufregung. Nach kurzer Fahrtzeit waren wir angekommen, ich parkte vor der Werkstatt, gab den Schlüssel drin ab und ging dann Bugsi und meinen Rucksack holen. Wir gingen Richtung Zentrum, um einen Bäcker oder ähnliches zu finden, um erstmal etwas zu Essen. Meine Stimmung war die ganze Zeit ziemlich bedrückt. Nach einem Stopp in einem Café spazierten wir weiter durch die Gegend. Plötzlich rief mich eine Nummer mit Fremder Vorwahl an. Kurz freute ich mich, da ich mir sicher war, dass dies die

Werkstatt ist. Zu meiner Verwunderung sprach der Typ am anderen Ende des Hörers plötzlich deutsch, etwas gebrochen aber total verständlich. Er fing direkt an sich mehrfach zu entschuldigen und mir war schlagartig bewusst, dass dies nichts Gutes bedeuten würde.

„Meine Kollege hat Fehler gemacht, ihm tut sehr leid. Er hat nicht richtig geguckt und dachte was andere wäre kaputt. Wir haben passende Teil nicht da."

Ich war direkt wütend, wollte es aber nicht an ihm auslassen. Warum aber sagt er, er hat alles, was er braucht, und kann es in kurzer Zeit reparieren.

„Und jetzt?" fragte ich ihn.

„Bitte vorbeikommen, ich dann besser erklären."

Als hätte ich es geahnt, dass irgendwas nicht ganz sauber laufen wird, dass mir irgendwas einen Strich durch die Rechnung zieht und ich nicht wie geplant weiterkommen werde. In einem Mix aus Wut und Trauer ging ich zurück zur Werkstatt. Der Mechaniker stand schon mit gesenktem Kopf im Eingangsbereich, neben ihm ein Typ, wahrscheinlich der vom Telefon.

Er hielt einige Zettel in der Hand, die er auf dem Tresen ausbreitete. Es wurde sich erneut entschuldigt und er fing an mir auf dem Papier anzutippen, welches Teil nun dem Camper fehlte. Es war nur ein kleines Teilchen. Ich gab die Teilenummer bei Google ein und ging dann auf die unterschiedlichen Webseiten, die diese anboten. Bzw. angeboten hatten. Überall war es als 'nicht verfügbar' oder 'nicht auf Lager' markiert. Und was das Schlimmste an der ganzen Sache war, es kostet bloß 1,89€. Ein kleines Teil für 1,89€ machte mir gerade alles kaputt. Ich fragte die beiden, ob man das Problem auch irgendwie anders lösen könnte, die Antworten klangen allerdings nicht sehr vielversprechend. Ich schaute raus auf den Camper. Hinter ihm haben sich bereits große, dunkle Wolken gebildet. Das Wetter würde die nächsten Tage hier echt nicht schön sein. Hierbleiben würde mir nichts bringen, so toll ist es nun auch nicht und viel zu weit weg vom Meer. Weiterfahren traue ich mich schon kaum noch.

„Hast du Mal ein paar Kabelbinder?"

„Ja schon aber viel und lange werden die auch nicht halten."

„Egal."

Er gab mir eine Hand voll und ich kroch unter den T4.

„Der kann auch eben nochmal auf die Hebebühne drauf."

„Alles gut." Sagte ich und zog ein paar der Kabelbinder am Schaltgestänge, bzw. an diesem Gelenk da fest und kroch wieder hervor.

„Danke für eure Mühe. Macht euch keinen Kopf, wir sind alles bloß Menschen."

Der Halbdeutsche übersetzte das dem Mechaniker, welcher mir dann die Hand gab und sagte, ich soll vorsichtig fahren. Er überreichte mir meinen Schlüssel und schon fuhr ich wieder fort. Ein wenig enttäuscht hielt ich nach einigen Kilometern auf dem nächsten Parkplatz. So entschlossen wie ich bei meinem Abgang schien, war ich nämlich gar nicht. Ich wusste nicht wohin mit mir. Mein Ego sagte ich soll weiter Richtung Westen, mein Verstand jedoch meinte ich soll lieber nach Hause. Der Regen rasselte auf meine Windschutzscheibe. So schön das Reisen im alten Camper auch war und so gerne ich es auch bis nach Portugal geschafft hätte, ich muss jetzt einfach Mal vernünftig denken. Es war naiv zu denken, alles würde reibungslos klappen. Ich kramte mein Handy hervor und tippte meinen Heimatort bei Google Maps ein. Knappe acht Stunden Autofahrt und 700 Kilometer betrug die Strecke. Ich atmete nochmal tief ein, ließ die Situation auf mich wirken, klopfte Oskar aufs Armaturenbrett und flüsterte:

„Komm das packen wir jetzt noch.“

Ich startete den Motor und rollte in die mir angezeigte Richtung los, erst über ein Dorf, dann über eine Landstraße und dann rauf auf die Autobahn. Ich schaltete so wenig wie möglich, um meine Kabelbinder-Konstruktion nicht allzu sehr zu strapazieren. Meine Gedanken waren so leer, die ganze Fahrt dachte ich über rein Garnichts nach. Auf halber Strecke entschloss ich eine Pause zu machen und zu tanken. Während neuer Diesel in meinen Tank prasselte, kroch ich mal wieder unter die Karre, um mir die Kabelbinder anzusehen. Die sahen zwar schon etwas abgerieben aus, müssten den Rest der Strecke aber noch durchhalten. Nachdem ich bezahlte, ging ich mit Bugsi noch um den Rasthof, schnallte ihn dann wieder an, gab ihm einen Kauknochen und fuhr weiter. Während der ganzen Fahrt fühlte ich überhaupt nichts. Wie ein Stein lenkte ich den Wagen die Autobahnen entlang. Zwischendurch fiel mir auf, dass die Temperatur ziemlich schwankt, er teilweise kurz davor ist zu heiß zu werden und dann wieder runter auf ca. 80 Grad fällt. Es beunruhigte mich etwas, gleichzeitig war ich aber auch erleichtert, diesen Weg eingeschlagen zu haben, da sich wahrscheinlich gerade das nächste Problem anbahnt.

-25-

Als ich zuhause ankam, realisierte ich es nicht richtig. Ich saß noch ein wenig drin, bis sich mein Nachbar freudestrahlend vor den Bus stellte. Er gestikulierte mit seinen Armen und freute sich anscheinend, mich wieder zu sehen.

„Ach Mensch du schon wieder hier also das hätte ich ja nicht so schnell erwartet wie war es denn wo warst du überhaupt überall und was hast du erlebt?" Prallte er auf mich los als ich die Fahrertür öffnete.

„Nur ein bisschen am Meer entlang. Der Wagen will nicht mehr richtig."

Genau so schnell wie er aufgetaucht war, war er auch schon wieder verschwunden. Ich drehte mich zu Oskar und fing an Bilder von ihm von außen zu machen. Dann packte ich meine ganzen Sachen aus und brachte diese gemeinsam mit Bugsi nach oben in meine Wohnung und machte dann Bilder vom Innenraum, der Küche, usw. Ich ging wieder nach oben, legte mich aufs Sofa und fing an, eine Anzeige für Kleinanzeigen zu schreiben, fügte einige Daten und die Bilder hinzu und lud das Angebot hoch. Direkt danach machte ich einen Termin beim Straßenverkehrsamt, um den Großen abzumelden. Viel schneller als vermutet ließ ich ihn einfach hinter mir. Gleichzeitig fühlte ich mich auch schlecht, ihn einfach so aufzugeben, nun war es aber so. Ich hatte kein Vertrauen mehr zu ihm und war nun der Meinung, dass etwas anderes besser zu mir passen würde. Auch wenn ich mein Ziel nicht erreicht hab, habe ich vieles dazu gelernt, und auch konnte ich feststellen, was nun doch nicht so sehr zu mir passt, wie anfangs gedacht. Noch dazu kam das frisch dazu gewonnene Problem mit der Temperatur bei längeren Fahrten.

Die nächsten Tage waren merkwürdig. Ich erzählte niemanden von meiner Rückkehr, wollte erstmal alles auf mich wirken lassen und mich wieder hier einfinden. Die erste richtige Fahrt ging dann zu meinen Eltern. Ich erzählte von meinen kleinen und großen Erlebnissen. Sie waren erleichtert, dass ich sie nie direkt über meine Probleme mit dem Van informierte, da sie sich sonst immer zu viele Sorgen gemacht hätten. Es war wirklich schön, sie wieder um mich rum zu haben. Umso mehr ich mich irgendwo blicken ließ, desto öfter sah ich

Fragezeichen in deren Gesichtern. Jap ich hätte auch nicht gedacht, alle so schnell wieder zu sehen.

Ich lebte mich wieder in meinen gewöhnlichen Alltag ein und suchte mir einen Job. Währenddessen stieg jedoch meine Motivation eine Tour vorzubereiten, die mit liegen bleiben nichts mehr zu tun. Alles ein wenig besser durchdacht ist. Das Fahrzeug zuverlässig, die Ausstattung geringer, dafür aber mit Klimaanlage und grüner Umweltplakette. Soll es kleiner oder größer werden? Beides geil, jedoch brauch ich so viel Platz ja gar nicht. Was brauch ich denn wirklich alles? Eine Liegefläche, naja zwei, eine für Bugsi noch, Platz für Campingkocher und Lebensmittel, Platz für Kleidung. Ganz so anspruchsvoll war ich anscheinend nicht. Ich machte mir unendliche viele Gedanken. Jetzt war ich nämlich schlauer und konnte besser einschätzen, was nun alles relevant ist.

Nun ist schon fast Winter. Ich versuche sparsam zu sein, um mehr Geld für nächstes Jahr zu haben. Mein Kopf ist voller Pläne rund um das Fahrzeug und die Strecke. Eins steht fest: eine weitere Tour wird 2024 folgen. Ich bin jetzt schon gespannt, was dann auf mich warten wird, ob alles besser klappen wird und ob ich es dieses Mal weiter schaffen werde. Ich bin fest entschlossen einen zweiten Anlauf zu starten. Dieses Mal wird es anders.

Trotz aller Geschehnisse bereue ich nicht eine Sekunde mich damals für Oskar entschieden zu haben und alles relativ unüberlegt anzugehen. Das war irgendwo ja auch mein Plan und diese Art gehört einfach zu mir.

Falls einer also auch mit so einem Gedanken spielt: einfach machen. Es klingt in dem Moment alles immer viel viel schlimmer als es eigentlich ist. No risk no fun.

Passt auf euch auf und genießt euer Leben.

hegdl, Tati